아사쿠라 키라리
Kirari Asakura

호죠 유즈키
Yuzuki Hojo

나카야마 아즈사
Azusa Nakayama

나카야마 코타로?
Kotaro Nakayama

시모츠키 시호
Shiho Shimotsuki

쿠루미자와 쿠루리
Kururi Kurumizawa

목차

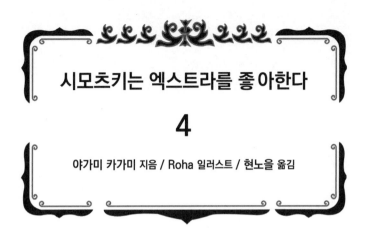

시모츠키는 엑스트라를 좋아한다

4

야가미 카가미 지음 / Roha 일러스트 / 현노을 옮김

소미미디어

컬러, 본문 일러스트 | Roha

❇ 창작자가 되지 못한 '추가 히로인'이 걱정하는 학원 러브 코미디

예를 들어 이 세계가 '픽션'이라고 한다면.

과연 주인공은 대체 누가 될까.

아쉽게도 답은 그 남자——나카야마 코타로가 아니다.

이 이야기의 주인공은 틀림없이 그의 같은 반 학생인 '류자키 료마'다.

……본래대로라면 '그래야' 했다.

처음에는 여러 명의 히로인에게 하염없이 사랑받기만 하는 추악한 하렘 러브 코미디가 이어질 예정이었다.

이유도 없이 인기 있는 주인공. 절대적인 소꿉친구 히로인. 여동생 속성, 갸루 속성, 청순글래머 속성이라는 바리에이션 풍부한 서브 히로인이 배치된 걸 보면 작가가 어떤 걸 의도했는지 훤히 보인다.

하지만 어느새 이 이야기의 주인공은 '주인공'이 아니게 되었다.

이어질 예정이었던 하렘 러브 코미디는 '엑스트라' 한 명에 의해 뒤틀렸다.

『나카야마 코타로.』

어디에나 있을 법한, 평범하고 눈에 띄지 않는 소년.

첫인상은 그게 전부였다.

비굴하고, 겁이 많고, 소극적이고, 보기만 해도 답답한 조역.

하지만 그는 놀라운 성장을 이룩했다.

숙박 학습 때는 하렘 주인공에게 하극상을 저질렀다.

문화제 때는 창작자에게 한 방 먹었다.

약혼 소동에선 어머니라는 과거의 트라우마를 뛰어넘었다.

그렇게 그는 엑스트라에서 '주인공'으로 올라섰다.

그를…… 아니, 그와 그녀 두 사람을 보고 있으면 정말로 생각이 많아진다.

주인공을 '주인공'으로 만드는 건 타고난 성질인가.

아니면——'메인 히로인'의 선택이 주인공을 결정하는가.

지금까지는 전자라고 생각했다.

하지만 이 두 사람을 보고 있으면 아무래도 후자인 건지도 모른다……. 그런 새로운 발견에 가슴이 무척 두근거린다.

전쟁이 없으면 영웅은 태어나지 않는 것처럼.

메인 히로인이 없으면 주인공은 발생하지 않는다.

즉 러브 코미디의 중심에 존재하는 건 메인 히로인이다. 그녀들의 뜻에 따라 이야기가 결정된다.

그렇다면 작은 걱정거리가 있다.

예를 들어 이야기 도중에 메인 히로인이 만족해버린 경우, 그 러브 코미디는 제대로 완결이 날까?

두 사람의 이야기에 재미의 '여백'은 남아 있을까?

러브 코미디의 종착점은 '애인이 되는 것'이 대부분이다.

하지만 그 앞 단계에서 히로인이 '충분히 행복하다'고 느낀다면, 그 이상의 사건이나 이벤트는 발생하지 않는다.

그건 절대 나쁜 일이 아니다.

하지만 픽션 스토리라고 생각한다면…… 아주 지루하지 않아?

예를 들어 '서둘러 애인이 되지 않아도 괜찮다' 같은 이유로 두 사람이 사귀지 않고 이야기가 진행되면 어떻게 될까?

처음은 괜찮다. 하지만 점점 두 사람의 관계는 관성적으로 이어질 테고, 그걸 읽으면서 얻을 수 있는 '재미'라고 해봤자 뻔하다.

지루하다. 고난도 극복도 없는 따분한 스토리는 원하지 않는다.

그 정도로 독자가…… 작가가…… 아니, 내가 만족할 수 있다고 생각하지 말라고.

어중간한 형태로 '미루기' 같은 상태가 되는 걸 허용할 수 있을 리가 없다.

따라서 독자(나)는 우려한다.

『시호와 코타로의 러브 코미디는 더 재미있어질 수 있을까.』

괜한 참견이라는 건 알지.

두 사람의 관계에 찬물을 끼얹는 건 매너 없는 행동이다.

하지만 작가(나)의 마음도 상상해 보라고.

변화를 줘야만 한다. 두 사람의 러브 코미디에 굴곡이 필요하다.

그렇지 않으면 스토리는 끝나지 않는다. 질질 끌기만 해대는 건 좋지 않다.

어쩌면 '연중'처럼, 아무도 원하지 않는 형태로 갑자기 스토리가 끝나버리는 일도 있으니까.

그러니까, 그래…… '히로인을 한 명 더 추가'하는 건 어떨까?

『히로인과 순조롭게 잘 지내는 주인공에게는 사실 귀엽고 매력적인 여자 소꿉친구가 있었습니다.』

이런 클리셰를 사용해서 지루한 러브 코미디에 신 전개를 추가하자.

삼각관계처럼 흘러가면 앞으로 전개도 기대할 수 있겠지.

자, 코타로……. 너는 러브 코미디를 제대로 견인할 수 있을까?

이대로 지루한 작품으로 끝내지는 말아줘.

독자로서, 작가로서 나는 그게 걱정이니까.

제1화

❄ 작은 엇갈림

12월 25일.

오늘은 1년에 한 번밖에 없는, 전 세계가 축복으로 가득한 기념일이다.

"메리 크리스마스!"

은백색 머리카락의 소녀가 천진하게 웃었다.

앳된 미소는 보기만 해도 얼굴이 풀어질 만큼 행복함으로 넘쳐난다.

"역시 크리스마스는 너무 좋아……. 내가 좋아하는 요리가 가득해!"

"아주 맛있어 보여."

현재 우리는 시호의 집에 있었다.

시모츠키 가의 크리스마스 파티에 초대받았기 때문이다.

테이블 위에는 요리가 수북하게 놓여있다.

로스트치킨, 피자, 샐러드, 감자튀김, 콘 포타주 등등……
추가로 케이크까지 준비하셨다.

보기만 해도 식욕이 자극되는, 크리스마스다운 메뉴.

심지어 전부 직접 만들었다고 하셨다.

분명 다 맛있겠지.

"시이, 접시 날라주련? 너는 하면 되는 아이지?"

"응! 나 할 수 있어!"

시호의 어머니——앞치마를 두른 사츠키 씨가 추가로 닭튀김을 가져왔다.

갓 튀겨서 김이 올라오는 데다 맛있는 냄새가 풍겼다.

그래서 그런지 옆에서 꼬르륵하는 소리가 들렸다.

"와…… 뭐, 뭔가 굉장해."

옆에 있는 아즈사가 눈을 반짝반짝 빛내면서 테이블 위를 물끄러미 바라보고 있다.

사실 오늘은 아즈사도 크리스마스 파티에 참석했다.

여기 오기 전에는 '딱히 가고 싶은 건 아닌데.'라며 관심이 없어 보였는데, 시호와 마찬가지로 잔뜩 설렌다는 표정을 짓고 있다.

"아즈냥도 많이 먹으렴."

문득 고개를 들자, 파에야를 들고 온 사츠키 씨가 있었다. 비현실적으로 아름다운 얼굴이, 지금은 아즈사를 보고 있기 때문인지 자상하게 미소 짓고 있다.

"억. 네, 넵!"

한편 아즈사는 뻣뻣하다. 겁을 먹은 것처럼 움찔거리고 있다.

그러고는 내 옷자락을 붙잡고 몸을 붙였다.

……내 의붓동생은 방구석 여포다. 가족 앞에서나 친한 사이인 시호 앞에서는 뻔뻔하게 굴지만, 모르는 사람 앞에

서는 작은 초식동물처럼 행동한다.

물론 상대방을 싫어하는 건 아니다. 그냥 그런 성격인 거다.

하지만 사츠키 씨는 조금 불만인 듯했다.

"······돌아가기 전까진 친해질 거야."

불만이 아니라 투지였다.

나도 사츠키 씨와 아즈사가 가까워지도록 도와드리고 싶다.

"아즈사, 괜찮으니까 안심해도 돼."

"······따, 딱히 아무렇지도 않거든!"

그렇게 말하면서도 아까부터 계속 나에게서 떨어지지 않는 건 아직 불안하기 때문이겠지.

으음, 어떻게 해야 아즈사의 긴장이 풀릴까······. 고민하는 사이에 접시를 든 시호가 돌아왔다.

"자! 아즈냥, 여기."

"어? 아, 응. 고마워····· 어? 이 접시 작지 않아?"

"그렇긴 할걸. 내가 초등학생 때 쓰던 접시거든. 어차피 조금밖에 못 먹으니까, 이거면 되지?"

"뭐?! 어린애도 아니고! 아즈사는 많이 먹을 수 있어!"

"우후후 ♪ 과연 그럴까?"

"으으윽. 여, 열받아······! 절대 시모츠키보다 더 많이 먹을 거야! 이건 작으니까 접시 바꿔줘."

……뭐냐.

시호가 말을 걸자마자 아즈사의 긴장이 풀렸다.

어깨를 씩씩대면서 사츠키 씨에게 어린이용 식기를 반납하러 갔다.

"앗! 잠깐만, 장난이니까…… 안 돼, 엄마에겐 말하지 마!"

그런 아즈사의 뒤를 시호가 쫓아간다.

물론 부엌과 거실의 거리는 가까워서 따라잡는 건 실패하고, 시호의 악행은 사츠키 씨에게 들켜버렸다.

"시이, 이상한 장난 하지 말고 빨리 해."

"자, 자자자잘못했씀다!"

"푸흡! 시모츠키가 혼난다…… 즐거워라♪"

"끄응. 두고 봐. 나중에 몰래 장난쳐줄 거야."

"앗, 사츠키 언니. 시모츠키가 심술부려~."

"아니?! 엄마, 나는 아무 짓도 안 했어!"

"어? 언니? 어머, 그래……. 언니라고 불러주다니, 아즈냥은 착한 아이구나. 그래, 알았어. 언니가 시이를 단단히 혼내줄게."

"응! 고마워, 사츠키 언니!"

"그래, 언니에게 맡겨."

"말도 안 돼, 엄마가 뭐 이래!"

결국 시호의 장난을 계기로 아즈사는 사츠키 씨 상대로 낯가림을 극복했다.

……역시 걱정할 필요 없었구나.

시모츠키 가와 아즈사의 궁합은 좋아 보인다.

저 애는 붙임성이 좋은 타입은 아니지만, 이걸 보면 분명…… 앞으로도 시모츠키 가와 양호한 관계를 유지할 수 있겠지.

'다행이다…….'

나와 시호의 관계는 앞으로도 계속된다고 믿는다.

그래서 아즈사도 포함해…… 가족 모두가 친하게 지내는 광경은 아주 만족스러웠다.

'조금 미래, 라.'

무의식중에 그런 생각을 하는 나를 깨닫고 무심코 웃어 버렸다.

전처럼 엑스트라를 연기하던 '나카야마 코타로'였다면 장래에 대해 생각할 여유가 없었다. 아니, 생각하려고 해도 안개가 껴서 아무것도 보이지 않았다.

하지만 연기를 그만둔 지금의 '나카야마 코타로'에게는 제대로 보이고 있다.

나 자신을 받아들이고 상냥하게 대할 수 있게 되었기 때문에 나의 '행복'을 생각할 수 있게 된 거겠지.

그건 아주 기쁘다.

하지만 그렇기 때문에…… 미래에 불안이 없는 것도 아니었다.

'시호의 아버지와 가까워질 수 있을까.'

역시 아버지라면, 사랑하는 딸과 가깝게 지내는 나를 보며 복잡한 기분이 제법 들겠지.

『미움받고 싶지 않아.』

그 대상은 시호만이 아니다.

가족인 아즈사나 친척 이모는 물론이고, 더불어 미래에 가족이 될 시호의 부모님에게도 호감을 쌓고 싶다.

이 크리스마스 파티에서 실수할 수는 없다.

시호의 아버지에게 인정받고 싶다. ……아까부터 계속 그 생각이 맴돌아서 영 차분해질 수가 없다.

이건 정신적으로 그리 좋지 않은 상태인 건지도 모른다.

자각은 있다. 하지만 어떻게 할 수가 없어서 답답해하고 있었더니…… 불현듯 누군가가 뒤에서 달려들었다.

"싫어! 코타로 실드로 엄마의 잔소리를 막을 거야!"

사츠키 씨의 잔소리에 견디다 못한 시호가 내 뒤로 숨은 모양이었다.

"코타로에게 어리광을 부리다니 비겁하긴."

"사츠키 언니, 우리 오빠도 혼내도 돼. 어제 아즈사가 싫어하는 피망을 남기려고 했더니 안 된다면서 디저트 빼앗아 갔어."

"……그건 아즈냥이 잘못했네."

"어?"

17

"피망 맛있잖아. 코타로가 옳아."

"어어?! 자, 자자잘못했습니다~."

어라? 이번에는 아즈사가 사츠키 씨에게 사과하는 전개가 되었다.

아하, 사츠키 씨는 요리를 좋아하니까 편식에는 엄격한 건지도 모른다.

"나이스! 역시 내 코타로야. 지켜줄 거라고 믿었어."

"아무것도 한 게 없는데."

"에헤헤~."

……역시 오늘의 시호는 여느 때보다 어린아이 같다고 해야 할까, 앳되다.

표정도 부드럽고 분위기도 말랑말랑해서 무척 무방비하다. 지금도 뒤에서 나를 끌어안은 채 떨어지려고 하지 않는다.

시호는 계속 달라붙어 있다.

물론 그건 기쁘지만…… 현재 시각은 저녁 7시. 슬슬 일이 끝난 시호의 아버지가 돌아올 타이밍일 테니까 빨리 떨어지자고…… 거기까지 생각했을 때.

"다녀왔습니다."

──눈치채지 못했다.

퍼뜩 고개를 들었다. 이미 거실 입구에 와 있다.

"아! 어서 와, 당신!"

사츠키 씨의 표정이 순식간에 화사해졌다. 사랑하는 사람의 귀가를 진심으로 기뻐하고 있다.

그 인물은 역시──시호의 아버지였다.

물론 바로 인사하려고 입을 열었다.

"............!"

하지만 그 얼굴과 체형이 너무…… 뭐라고 하지, 상상했던 범위를 아득하게 넘어서는 바람에 나도 모르게 숨을 삼키고 말았다.

시호와 사츠키 씨를 봤었기 때문이겠지.

두 사람의 가족이라면 일반인으로 보이지 않는 외모일게 틀림없다고 믿었다.

하지만 시호의 아버지는 두 사람의 이미지와는 동떨어진 외모였다.

『둥글다.』

첫 감상이 그거였다.

키는 나와 비슷한 정도지만 포동포동 살이 붙어서 실루엣이 둥글다.

얼굴도 시호나 사츠키 씨 같은 아름다운 스타일이 아니라 호감상이다.

긴장감과는 거리가 먼, 데포르메된 듯한 외모.

보기만 해도 힘이 빠지는 듯한 안심감과 탈력감.

물론 시호의 가족이니 이목구비는 반듯해 보이긴 했다.

하지만 실루엣이 둥글둥글한 탓에 아무래도 귀엽다는 느낌이 더 강하다.

고양이형 로봇이나 호빵이 맛있는 히어로나, 뭐 그런 이미지에 가까울지도 모른다. 어린아이가 좋아할 법한 외모다.

"하하, 늦어져서 미안해."

"그러게 말이야. 코타로와 아즈냥도 와 있으니까 더 빨리 돌아와야지. 그리고 나도 있으니까 매일 5시에는 돌아와. 귀가가 1분이라도 늦어지면 바람피우는 건 아닌지 조마조마하다고. 나도 모르게 연속으로 전화를 걸어버릴 것 같단 말이야."

"아하하. 삿치의 사랑은 항상 무겁구나⋯⋯. 참고로 내 퇴근 시각은 6시인데."

시호의 아버지가 쾌활하게 웃었다. 무척 자상해 보이는 표정이다.

이런 분위기라면 나도 싫어하지 않을지도⋯⋯ 하고 희미한 기대가 솟아났지만, 문득 등에 부드러운 감촉이 있다는 걸 떠올리고 굳어버렸다.

'그러고 보면 시호가 끌어안고 있었지⋯⋯!'

사랑하는 딸이 처음 보는 남자와 시시덕거리고 있는 걸 봤을 때, 아버지는 기분이 나빠져도 이상하지 않다.

"⋯⋯응?"

그리고 시호의 아버지는 이쪽을 본 순간 부드러운 미소

를 지워버렸다.

틀림없이 기분이 상했다.

딸을 후리는 해충을 발견한 것처럼 표정이 험악해졌다.

"저, 저기, 이건!"

당황하며 변명을 꺼내려고 했다. 하지만 아무 말도 하지 못한 채 허둥대고 있었더니…… 시호의 아버지가 천천히 다가왔다.

"네가——코타로지?"

더는 도망칠 수 없다.

"……네. 인사가 늦어져서 죄송합니다. 나카야마 코타로 입니다. 평소 따님과 친하게 지내고 있습니다."

최소한 인상이 나빠지지 않도록 머리를 숙였지만…… 그런 건 임시방편 정도의 효과밖에 없을 것이다.

분명 시호의 아버지는 지금부터 불처럼 화낼 것이다.

하지만 이것만큼은 어쩔 수 없다. 하다못해 조금이라도 분위기가 어두워지지 않도록, 시호 아버지의 마음을 감수 하자.

그렇게 각오를 다지고 고개를 들었다.

시호의 아버지가 이미 코앞에 와 있었다.

"정말, 정말……!"

그러고는 두 팔을 번쩍 들어 올리고 달려들었다.

어? 가, 갑자기 주먹질은 그래도——하고 당황했는데.

그건 오히려 너무한 착각이었다.

"──정말 보고 싶었어."

그렇게 말하며 시호의 아버지는 나를 끌어안았다.

두툼하고 시호보다 더 부드러운 몸이 나를 감싼 순간, 신기한 감각에 사로잡혔다.

'따뜻해.'

5월의 나무 아래에서 햇볕을 쬐는 듯한 기분 좋은 따스함이 전신으로 퍼져나간다.

조금 전까지 긴장했던 몸과 마음이 한순간에 풀어지면서 무심코 그 자리에 주저앉을 뻔했을 정도로.

"고마워. 딸과 친하게 지내준다면서? 시이에게서 평소 이야기 많이 들었어. 소중한 딸이 너 같은 소년을 만난 게 나는 진심으로 기쁘단다."

건네는 말을 들으며 몸이 이완된다.

마치 시호의 미소를 보고 있을 때처럼 마음이 따스해진다.

"아뇨, 저야말로 항상 시호에게 도움받고 있는걸요."

"착하기도 하지! 으흑, 정말 착한 아이야!!"

그러고는 감격에 겨운 듯 시호의 아버지가 오열했다.

아까 표정이 험악해졌던 건 화가 났기 때문이 아니다.

우는 걸 참느라 그런 표정이 되었던 건가?

그 사실을 깨달으니 괜히 긴장하고 경계해서 불안해졌던 내가 부끄러워졌다. 나쁜 습관이 나왔던 건지도 모른다.

나는 또 이상하게 깊이 생각했던 모양이었다.

"아, 아빠도 참. 창피하게. 코타로가 당황하잖아."

"미안, 하지만, 기뻐서⋯⋯. 큽, 미안해 코타로. 나이를 먹으면 눈물샘이 약해져서."

"당신은 옛날부터 눈물샘이 약했잖아? 툭하면 울고. 그런 점도 좋아하지만."

"아하하. 삿치는 다정하기도 하지. 아, 미안해. 아저씨가 끌어안아서 당황했지?"

시호의 아버지가 천천히 몸을 떼어놓았다.

나와 제대로 마주 본 뒤 악수를 청하듯 손을 내밀었다.

"시모츠키 이츠키야. 편하게 '이츠키 씨'라고 불러줘. 아니면 '아버님'도 괜찮아. 장래에는 네 장인어른이 될지도 모르니까."

"아니 당신. 그건 얘들한테 부담감을 주니까 말하지 말기로 어제 약속했잖아?"

"아, 그랬지. 하지만 어쩔 수 없었어. 너무 기쁘니까."

그리고 시호의 아버지──이츠키 씨는 내 대답도 기다리기 전에 내 손을 잡고 악수했다.

그 모습이 처음 만난 무렵의 시호를 떠올리게 했다.

그때 그녀는 친구가 되자면서 덥석 손을 잡았었지.

'닮았어…….'

생김새가 아니다. 내면이 시호와 판박이다.

그러고 보면 궁금했었다.

시호는 의외로 어린아이 같다. 너무 아름다워서 날카로움마저 느껴지는 외모와 다르게 본성은 부드럽고 둥글다. 그 '반전'에 살짝 모순을 느꼈다.

어떻게 정반대의 성질을 획득할 수 있었던 걸까.

외모는 어머니에게서.

내면은 아버지에게서.

각각 좋은 점을 물려받은 모양이다.

"……자, 코타로! 같이 밥이라도 먹자. 많이 먹어. 삿치의 요리는 아주 맛있거든. 이거 봐, 내 배를 보면 알지? 너무 맛있어서 항상 과식한단 말이야. 사실은 진지하게 다이어트를 하고 싶은데."

"당신은 동글동글한 게 귀여워."

"아하하! 믿어지지 않을지도 모르지만, 옛날에는 지금보단 좀 잘생겼었어. 삿치와 결혼한 뒤로 살이 확 쪄 버렸단 말이지."

"그게 바람도 못 피우고 좋잖아."

"……어릴 때는 여자아이로 오해받은 적도 있었을 정도였다지만. 삿치의 작전에 넘어가서 지금은 마스코트 캐릭터처럼 되고 말았어. 직장에서도 지나가던 어린아이들이 모여들어서 고생이라니까. 아, 나는 경비 일을 하고 있는데——."

음, 틀림없는 시호의 아버지다.

말이 계속해서 이어지고 또 이어지는 느낌이 시호와 똑같다.

그리고 아마 그 애도 나와 같은 느낌을 받았겠지.

"저기, 안녕하세요! 오빠의 동생입니다!"

처음 만난 사람에게 대부분 낯을 가리는 아즈사가 이츠키 씨에게는 웬일로 먼저 말을 걸었다.

"아아! 네가 아즈냥이구나? 음음, 착하지. 초등학생이니? 귀여워라. 많이 먹고 쑥쑥 커야 한다?"

"아즈사는 고등학생이거든? 시모츠키…… 어어, 시호와 동갑이라고."

"뭐?! 우, 우리 시이보다 어린아이 같은 고등학생이 있다니……!"

"어린아이 같지 않거든?! 시호보다는 어른이거든!!"

그리고 이츠키 씨는 어린아이와 대화하는 게 참 능숙해 보였다.

뭐라고 하지. 내 어머니 같은 '어른 특유의 압박감'이 느껴지지 않는다.

그러니까 저 아즈사가 첫 만남인데도 편하게 대화할 수 있는 거겠지.

"비겁해. 당신, 아즈냥은 내가 귀여워하고 있었는데. 빼앗지 마."

이츠키 씨와 사이좋게 대화하는 아즈사 사이로 사츠키 씨가 끼어들었다. 아즈사를 끌어안고는 이츠키 씨를 위협하고 있다.

"그리고 바람피우지 마."

"어어? 아즈냥을 상대로 질투하지 마."

"이 애는 좋아해. 하지만 안 되는 건 안 돼."

"흐어. 으, 아까부터 계속 쓰다듬어줘서 간지러워."

뭐라고 할까……. 세 사람을 보고 있었더니 가슴이 따뜻해졌다.

다행이다. 역시 아즈사는 시모츠키 가의 사람들과 친밀해질 수 있었던 모양이다.

그리고 사츠키 씨와 이츠키 씨는 나도 받아들여 주었다.

……그러니 앞으로도 분명 양호한 관계를 이어갈 수 있겠지.

그렇게 확신해서 마음이 가벼워졌다.

"……안정됐어?"

역시 날카롭구나. 내가 안도의 숨을 흘린 순간 시호가 소곤거렸다.

여전히 뒤에서 끌어안고 있는 자세인 그녀가 나에게만 들릴 만큼 작은 목소리로 말했다.

"코타로가 집에 도착한 뒤로 계속 긴장하고 있었는데, 지금은 두근거림이 멈췄어."

그러고 보면 조금 전부터 조용하다고 생각했는데, 아무래도 그녀는 내 심장 소리를 듣고 있었던 모양이다.

"우리 엄마랑 아빠, 멋지지?"

"응. 만나 뵈기를 잘했어."

"그렇다면 다행이야. 에헤헤~♪"

부모님 칭찬에 시호도 기뻐 보인다.

좋아. 불안은 사라졌다.

이러면 크리스마스 파티도 마음 놓고 즐길 수 있을 것 같다.

◆

행복한 시간이 흘러간다.

맛있는 요리를 먹고, 사츠키 씨와 이츠키 씨의 질문 공세를 받고, 과식해서 움직이지 못하게 된 아즈사와 시호를 돌보고…… 그렇게 파티를 즐기고 있었더니 순식간에 밤이 깊어졌다.

"아쉽지만 돌아갈 시간이구나. 삿치, 부탁해도 될까?"

"그래. 차로 바래다줄 테니까 두 사람 다 준비하렴."

10시가 지나서 파티가 끝났다.

"아, 남은 요리 싸 갈래?"

"그래도 돼?!"

27

"물론이지. 좋아하는 걸 가져가."

"그럼, 으음~ ……전부 다!"

"아, 아즈냥. 내일 내가 직장에서 먹을 도시락은 남겨주지 않겠니?"

사츠키 씨에게도 완전히 익숙해진 아즈사가 어리광을 부리듯 졸라댔다.

그렇게 먹어놓고…… 시호와 비슷하게 아즈사도 먹는 욕심이 있다니까.

"코타로, 시간이 걸릴 것 같으니까 먼저 밖에 나가 있자."

"어? 아, 응. 알았어."

갑자기 시호가 내 소매를 잡아당겼다.

순간 '추우니까 안에서 기다리는 게 낫지 않나?'라고 생각했지만 바로 그녀의 의도를 파악하고 고개를 끄덕였다.

『단둘이 있고 싶어.』

이제는 그 마음을 상상하지 못하는 인간이 아니게 되었다.

"추워. 역시 추워."

일단 코트를 입고 밖으로 나와봤는데 예상했던 대로 추웠다.

하지만 달아오른 몸에는 이 싸늘함이 기분 좋다.

다행히 오늘은 하늘이 맑아서 별이 잘 보인다.

멍하니 하늘을 바라보고 있었더니 시호도 전염되듯 위를 올려다보았다.

"……아주 즐거웠어."

시호가 작게 중얼거렸다.

"엄마도 아빠도 굉장히 기뻐 보였고. ……사실 두 사람에게 걱정 끼쳤었거든. 나는 계속 친구가 없었으니까."

시호의 부모로서 사츠키 씨와 이츠키 씨는 딸의 상태를 누구보다 잘 파악하고 있었겠지.

그렇기에 고독했던 시호를 걱정했을 게 틀림없다.

"아빠는 울어버릴 정도로 기뻐하질 않나."

"그러게. 좀, 깜짝 놀랐지만."

"응…… 울어버릴 만큼 나를 걱정했었던 거지."

자식은 부모의 마음을 모른다.

그런 속담도 있지만, 시호는 제대로 알고 있는 모양이다.

"안심하게 해줄 수 있어서 다행이야. 이것도 다 코타로 덕분이지. ……고마워. 정말, 정말로 널 만나서 다행이야."

그렇게 말하며 시호가 구김살 없는 미소를 지었다.

진심으로 만족스러워하는 듯한, 행복으로 넘치는 미소.

그 미소를 보고 있으면…… 반대로 나는 부족함을 느끼는 게 신기했다.

'조금 더, 다음으로…….'

지금 욕망이 시키는 대로 그녀를 끌어안을 수 있다면 얼마나 행복할까.

……아아, 아니지. '부족함'이라는 표현으로는, 말 그대

로 부족하다.

이건 '갈망'이다.

나는 시호라는 존재를 지금보다 한층 더 원한다.

'친구라는 관계로는 감당할 수 없어…….'

불현듯 폭발한 애정에 목이 막혔다.

아무 말도 할 수 없어져서 시호를 바라보고 있었더니, 시선을 알아차린 건지 그녀도 이쪽을 바라보았다.

"…………?"

갸우뚱, 그녀가 고개를 기울였다. 내 시선을 보고 의아한 표정을 지었다.

하지만 이내 곧 복잡한 건 아무래도 상관없다는 양 시호의 표정이 풀어졌다.

"에헤헤~."

또다시 번지는 환한 미소.

부족한 나와는 대조적으로 그녀는 만족스러운 표정을 짓고 있다.

그게 내 마음에 브레이크를 건다.

'——진정하자. 시호는 지금도 행복해 보이니까. 조급해하지 마.'

낮에 그녀에게 고백했다가, 마음의 준비가 될 때까지 기다려달라는 말을 들었다.

서두를 필요는 없다. 어차피 시호와는 앞으로도 오래오

래 보고 지낼 테니까. 그런 건 알고 있다.

그런데 마음이 앞서가는 이유는 뭘까.

이런 감정은 느껴본 적이 없어서 당혹스러웠다.

"코타로, 손잡아 줄 수 있어?"

하지만 시호는 나의 당혹감을 눈치채지 못했다.

내가 작은 초조함을 느끼는 걸 그녀는 '듣지' 못했다.

소리에 민감하던 소녀가 소리를 신경 쓰지 않을 만큼 안
심감을 느끼고 있으며, 그래서 살짝 둔감해지기도 했다.

그렇기에 숨길 수 있다.

이게 좋은 일인지 어떤지는 솔직히 판단할 수 없다.

하지만…… 시호가 행복한 게 나에게도 행복이다.

우리의 러브 코미디에 새로운 전개는 필요 없다.

왜냐하면 지금도 만족스러우니까.

지금은 아직 마음에 뚜껑을 덮어두자.

언젠가 그녀가 마음의 준비를 마쳤을 때 꺼내면 그만이다.

"……좋아. 차가워지지 않도록 꼭 잡을게."

"응!"

감정을 억누르고 그녀의 손을 잡았다.

"코타로, 힘이 조금 세."

무의식이었다.

시호가 몸을 흔들자, 나는 그제야 힘을 너무 줬다는 걸
깨달았다.

"앗! 미, 미안해. 아팠어?"

"아니, 아프지는 않았어. 하지만 나는 부드러운 게 더 좋으니까."

섬세한 소녀는 강경한 수단을 좋아하지 않는다.

조금이라도 힘이 이상하게 들어가면 망가져 버릴지도 모른다.

그러니까 조심스럽게.

'언제 관계가 진전될지 생각하는 건 그만두자.'

그게 불필요하게 초조함을 불러일으키는 건지도 모른다.

생각이 너무 많은 건 내 나쁜 습관이다.

'설마 나중에 가서 애인이 되는 게 무서워지지는 않겠지.'

스스로를 타일렀다.

그렇게 하지 않으면 불안해질 것 같았으니까.

"…………!"

하지만 그 타이밍에 시호가 갑자기 손을 놓는 바람에 동요했다.

내 손을 뿌리치듯이 풀었기 때문이다.

어쩌면 또 힘이 세게 들어갔던 건지도 몰라서 당황하며 사과하려다가…… 시호가 도로 쪽을 보고 있다는 걸 깨달았다.

"코타로, 뭔가 소리 안 들렸어?"

"소리?"

"응. 누군가가 있었던 것 같은데……."

선천적으로 청각이 발달한 시호는 무언가 소리가 들렸던 모양이다.

하지만 시선 끝에는 아무도 없었다.

"미안, 나는 못 들었어."

"그, 그렇다면 유령이라는 건가? 따, 따딱, 딱히, 무서운 건 아니지만, 조금 그냥, 안 좋아한다고 할지, 싫다고 할지!"

말은 그렇게 하지만 무서워하는 게 다 티가 난다.

"오빠 좀! 많이 받았으니까 짐 들어줘~."

그리고 마침 타이밍 좋게 집 안에서 아즈사가 외쳤다.

"앗! 아즈냥이 내 것도 남겨놨는지 확인해야지……. 저, 절대 무서워서 그런 거 아니거든! 유령쯤은 아무렇지도 않지만, 일단 집에 돌아갈게."

시호는 마침 잘 됐다는 양 바로 현관으로 돌아갔다.

이미 그녀는 이쪽을 보고 있지 않다.

"…………."

현관문을 여는 시호의 손을 바라보며 나는 내 손을 꽉 움켜쥐었다.

손바닥에 달라붙은 아쉬움을 으스러트리듯이.

제2화

🏵 남자인 줄 알았던 소꿉친구가 귀여운 여자아이였다는 클리셰

——바로 이건 꿈이라는 걸 눈치챘다.

왜냐하면 눈앞에 오랜만에 보는 얼굴이 보였으니까.

"코오타로는 진짜 '울보'구나."

그 녀석은 어쩔 수 없다는 듯 어깨를 으쓱하고는 울먹이는 나를 달래주었다.

"'남자'잖아. 그럼 더 씩씩해져야지."

대체 몇 년 전 기억이지?

내가 6살 정도였으니까…… 10년 전인가.

"엄마가 말 안 해준다고 해서 그렇게 울지 마. 나는 맨날 혼나는걸? 거칠다, 야만적이다, 얌전히 굴어라, 항상 그런 말만 해."

"……리이는 안 울어?"

"안 울어. 나는 강하니까."

"좋겠다. 멋있어."

"벼, 별로 멋있는 건 아니잖아. 평범한 거야!"

어릴 적의 나는 어머니의 차가운 태도에 자주 울었다.

내가 무능하니까 버려지는 거라고 그렇게 믿었다.

뭐, 조금 성장한 지금은 이해한다. ……당시 어머니는 내 친아버지와 헤어진 참이었다.

이혼인지 사별인지는 모른다. 어머니는 아버지에 대해 말하지 않으니까.

어쨌거나 큰 심경 변화가 있었던 거겠지.

그전까지 나를 혼내기만 하던 어머니가 갑자기 차가워졌으니 어린 나이에도 당황했다.

그런 나를 위로했던 사람이 공원에서 우연히 만난 '리이'였다.

솔직히 10년 전 일이라서 기억은 상당히 흐릿하다.

얼굴도 자세히는 기억나지 않아서 어딘가 흐리멍덩하다.

하지만 챙을 거꾸로 쓴 모자와 짙은 붉은색 눈동자가 무척 예뻤다는 건 선명하게 기억한다.

"자, 손수건 빌려줄 테니까…… 이, 이제 그만 울어. 나까지 왠지 울 것 같다고."

"미안해……."

"앗, 아니. 그냥, 뭐라고 하는 건 아니고…… 아아, 진짜! 코오타로는 진짜 귀찮다니까."

"으으…… 귀, 귀찮아서, 미안해."

"…………우, 울지 말라고. 바보야."

지금 생각해 보면 나는 정말 귀찮은 아이였던 것 같다.

섬세하고, 울기만 하고, 항상 우중충하고……. 그래도 리이는 나를 버리지 않는 착한 아이였다.

"이제 어두워졌으니까, 집에 돌아가."

"싫어……. 집에 가기 싫어."

"나 참, 어쩔 수 없네. 자, 끌고 가줄 테니까 손 내밀어."

"하지만 밤은…… 무서워."

"뭐? 그럼 내가 '주문'을 걸어줄게."

"주문?"

"손을 잡으면 안 무서워지는 주문."

확실히 온화한 성격은 아니었다.

말투는 거칠지만, 그런 것치고는 부드러운 힘으로 나와 손을 잡아주었다.

그리고 그의 손이 생각보다 작고 말랑말랑했다는 것도 어째서인지 잘 기억난다.

"자, 이제 괜찮지? 아직 무서워?"

"……아마도, 괜찮아."

안심했다.

그의 손을 잡기만 했는데 마음이 무척 침착해졌다.

"코오타로는 진짜 한심해."

"미안해. 이런 나랑 같이 있어 줘서 고마워. 리이는 착해서 너무 좋아."

"무, 무슨…… 나는 별로, 안 좋아하거든!"

그렇게 말하면서도 항상 내 옆에 있어 주었다.

어머니 때문에 상처받아서 도망치듯 공원에 가면 그는 항상 그네에 앉아 나를 맞아주었다.

울보인 나를 격려하듯 리이는 매번 든든한 말을 건네주었다.

그러고는 '무섭지 않게 되는 주문'도 자주 걸어주었다.

밤길을 걸을 때나 어머니에게 혼나서 떨고 있을 때 리이가 손을 잡아주면 바로 기운이 났다.

구원이었다.

항상 외톨이였던 그 시절, 그의 존재는 내게 버팀목이기도 했다.

어쩌면 유일하게…… 내 '친구'라고 해도 될만한 존재였던 건지도 모른다.

하지만 그렇게 생각했던 건 나뿐이었던 거겠지.

리이는 나에게 질렸던 모양이다.

우연히 공원에서 놀고 있었더니 항상 내가 오니까 어쩔 수 없이 상대했던 것뿐인지도 모른다.

그런 게 아니면 이상하다.

왜냐하면 그는 아무 말도 없이 사라졌으니까.

만약 리이도 나를 친구라고 생각했다면 작별 인사 정도는 했을 것이다.

9살 때, 여느 때처럼 공원에 갔더니 리이는 없었다.

그날 이후로 그와는 만나지 못하게 되었다.

생각해 보니 리이는 나에게 아무것도 가르쳐주지 않았다.

결국 나는 그의 본명도 모른다.

내 앞에서는 절대 모자를 벗지 않았으니, 헤어스타일도 모른다.

어디에 사는지, 뭘 좋아하는지, 어느 학교에 다니는지도 계속 비밀로 했었다.

일방적인 게 아니라 리이도 나를 친구라고 생각해주길 바랐다.

더 친해지고 싶었는데……. 거기까지 생각한 순간 문득 의식이 깨어났다.

"…………."

멍하니 눈을 뜨고 꿈을 떠올리면서 천장을 향해 손을 들어 올렸다.

어제 시호와 손을 잡았던 감각이 아직 남아있다.

하지만 비슷하게…… 리이가 잡아주었던 감각도 잊지 않았다.

막연한 부족함을 느낀다.

시호도 그랬고, 리이의 손도 더 오래 잡고 싶었는데…….

어쩌면 그 두 가지가 연결되어서 리이의 꿈을 꿔 버린 걸까?

그립다. 그리고 조금, 쓸쓸함이 치밀어 오른다.

이건 리이와 갑자기 만나지 못하게 되었던 걸 떠올렸기 때문인 걸까.

아니면 시호와의 관계에 대해서인가.

아니…… 어쩌면, 둘 다일지도 모른다.

◆

──그로부터 조금 시간이 흐르고.

1월 중순. 겨울방학이 끝나고 학교가 개학했다.

"흐아암…… 코타로, 졸려."

"휴일 다음 날이면 항상 졸려 보여."

"그야 게임하느라 밤낮이 뒤바뀐단 말이야. 요즘은 물대포로 잉크를 쏴대는 게임의 속편이 발매되어서 손에서 놓을 수가 없었어."

아침, 조금 졸린 듯한 시호와 나란히 걸으며 학교로 향했다.

새 학기 첫날. 지각이 두려웠던 시호에게 데리러 오라는 부탁을 받았기에 오늘은 조금 일찍 일어나 그녀의 집에 향했다.

시호의 집에서 학교까지는 걸어서 갈 수 있는 거리다.

여느 때였다면 그녀는 어머니인 사츠키 씨의 차를 타고 학교에 간다고 하지만, 오늘은 시간에 맞출 수 있을 것 같아서 같이 걷는 중이다.

"아즈냥은 제대로 일어났어?"

"아니, 자더라. 말을 걸었더니 '오빠 멍청이!' 하고 화를 내길래 그냥 안 깨우고 나왔어. 아마 지금쯤 허둥지둥 준비하고 있을 거야."

"저런, 나쁜 아이네. 우아한 모닝콜이라도 걸어줄까…….
아, 여보세요? 아즈냥, 좋은 아침. 어? 볼일이 있냐고? 없는데. 그냥 지각할 것 같은 너에게 응원을 보내고 싶었던 것뿐이야."

장난꾸러기처럼 웃으며 전화하는 시호.

아마 통화 중인 아즈사는 지각할 것 같아서 조급해하고 있겠지.

시호가 평소보다 더 즐거워 보였다.

『시끄러워 바보!』

"……고막 찢어질라."

다만 너무 과하게 놀렸다.

견디다 못한 아즈사의 고함이 나에게까지 들렸다.

워낙 큰 소리라 시호는 왼쪽 귀를 누르며 눈물을 글썽거렸다.

"싸움도 적당히 해."

"싸우는 거 아니야. 몰랐어? 싸움은 같은 수준에서만 일어난다고."

"그래서 하는 말인데. 둘 다 성적은 비슷한 수준 아니었어?"

"……어? 고막이 망가져서 안 들려."

"편리한 고막이네."

평소처럼 태평한 대화를 주고받으며 살며시 웃었다.

방학이 끝난 직후라지만 이러니저러니 해도 방학 동안 자주 만났기 때문에 오랜만이라는 느낌도 없다.

새해 첫 참배는 시호가 일찍 일어나기 싫다는 이유로 가지 않았지만, 정월에는 한 번 더 시모츠키 가에 초대받아 같이 식사했다.

다른 날에도 시호가 나카야마 가에 놀러 오곤 했기에 서로 어색함 없이 평소 같은 태도다.

"그러고 보면 코타로는 치리 이모에게서 용돈 받았어?"

"어, 응. 어제 만났을 때 받았어. ……덤으로 어째서인지 어머니에게서도 받았고. 그 사람, 매년 안 줬는데 뭐지?"

"흐음. 참고로 얼마?"

"10만."

"십……?!"

시호가 눈을 동그랗게 뜨고 놀라고 있다.

마음은 이해한다. 나도 봉투를 열었을 때 내 눈을 의심했다.

치리 이모가 3만. 어머니가 10만. 합쳐서 13만엔.

이모는 이러니저러니 해도 나에게 무르니까 매년 이 정도는 주지만……. 어머니의 의도를 알 수 없어서 당황스럽다.

전에 이모가 경영하는 메이드 카페에서 대화한 뒤로 연락 한 번 없었는데 무슨 심경인 거지?

뭐, 갑자기 거금을 받아봤자 쓸 곳이 있는 것도 아니라 은행에 예금했다. 언젠가 필요해졌을 때 사용해야지.

현재 그 사람에게서 간섭받는 것도 없다. 정기적으로 이모를 만나 어머니의 상황도 듣고 있지만, 사업이 회복되어 지금은 경영 상태도 아주 좋다고 한다.

우선 그거면 됐다.

일상이 평화롭다면 그걸로 충분하니까.

"하아암~."

대화가 멈추자, 시호가 한 번 더 하품했다.

졸린 눈을 꾹꾹 비비면서 걸어서 그런지 발걸음이 살짝 불안정하다. 한번 조심하라고 말하는 게 좋을지도 모른다고 생각했을 때는 이미 늦었다.

"⋯⋯⋯⋯앗."

아니나 다를까, 다리가 꼬여서 휘청거렸다.

"시호!"

손을 뻗지도 못했다.

그녀의 몸이 갑자기 기우는 바람에 반응하지 못했기 때문이다.

이대로는 시호가 넘어지겠다 싶을 때.

"어이쿠, 조심해."

내가 아닌 손이 부축했다.

누군가가 시호의 배를 끌어안듯이 뒤에서 팔을 뻗어 그녀의 몸을 지탱하고 있다.

다행이다. 우선 시호가 다치지 않았다.

"고마——."

인사하려고 고개를 들었다.

하지만 거기 있던 여학생이 너무 특징적이라서 나도 모르게 입을 다물고 말았다.

"……조심해야지."

퉁명스러운 목소리와 우리와 같은 교복을 입었다는 점은 평범하다.

키는 시호보다 조금 큰 정도. 체형은 상당히 호리호리해 보이지만, 팔과 다리는 길쭉하다. 덕분에 몇 달 전의 아즈사를 보는 듯한 트윈테일을 하고 있어도 어려 보이진 않았다.

하지만 그런 부분들은 눈에 띄는 요소가 아닐 것이다.

그런데 내가 말문이 막힐 정도로 충격을 받은 건…… 그녀의 머리카락 색 때문이었다.

"핑크?"

몸을 기댄 채 시호가 그녀를 보고 작게 중얼거렸다.

그랬다. 시호를 구해준 여학생의 머리카락은 선명한 핑크색이었다.

마치 애니메이션이나 만화에 나오는 캐릭터처럼 화려한 색이다.

"뭐야, 넌 고맙단 말도 못 해?"

한편 핑크 소녀는 표정을 바꾸지 않았다.

"어? 아, 응. 고마워, 덕분에 살았어."

"흠? 솔직한 건 좋네."

무언가를 가늠하듯 그녀는 시호를 물끄러미 바라보고 있다.

"으응? 저기, 나한테 뭐 용건이라도?"

"아니? 그냥 널 보고 있었는데."

"그래……? 좀 부끄럽네."

"……귀엽네. 음, 생긴 건 합격."

뭘 보고 판단한 걸까.

그녀는 만족스러운 듯 고개를 끄덕인 뒤 이번에는 시호에게서 시선을 떼고 이쪽을 보았다.

"하지만 생긴 게 호감상이라고 내면까지 호감이란 보장은 없어. 조심해."

"…………어?"

마치 전부터 알던 사이인 것처럼 말하는 소녀.

그 태도에 먼저 놀랐다가, 그녀의 눈동자를 본 뒤 경악했다.

『짙은 붉은색.』

투명한 루비 같은 눈동자에 숨을 삼켰다.

아름다워서가 아니다. 아니, 순수하게 아름답기도 하다. 하지만 그런 의미가 아니라…… 이 눈동자를 본 적이 있기 때문이다.

우연인가?

설마 얼마 전 꿈속에서 본 상대와 같은 눈동자를 지닌 사람을 만나다니.

아니, 하지만 '리이'는 남자다.

그러니까 그녀와는 다른 사람이다. 머리로는 이해하고 있지만…… 어째서인지 그리운 느낌이 들어서 가슴이 꽉 차오른다.

"하아…… 여전하네. 그 어벙한 얼굴, 진짜 열 받아."

핑크 소녀가 어깨를 으쓱했다.

시호의 몸을 살며시 놓아준 뒤 그녀는 우리에게 등을 돌렸다.

"그러면 나중에 봐."

소녀는 내 대답을 기다리지 않았고 핑크색 트윈테일을 찰랑거리며 위풍당당하게 걸어갔다.

그 뒷모습을 멍하니 쳐다보고 있었더니…… 옆에 있던 시호가 툭 중얼거렸다.

"──어라? 나 긴장 안 했네?"

가슴에 손을 올려놓고 시호도 나처럼 어안이 벙벙해서

멍하니 서 있었다.

"소리가, 뭐랄까…… 맑은 사람이었어."

"맑다고?"

"응. 코타로와는 조금 다른 느낌이지만, 내가 좋아하는 소리였어."

그러고 보니 시호는 그녀가 밀착한 상태에서도 태연했다.

나와 교류하게 된 뒤로 시호의 경계심이 느슨해졌다고 는 하나, 그렇다고 다른 사람과 태연히 거리를 좁힐 수 있 게 된 건 아니다.

그런데 시호는 핑크색 소녀에게는 긴장하지 않은 것처 럼 보였다.

나나 아즈사를 대하는 태도처럼 평소와 같았다.

"이런 사람은 코타로 이후로 두 번째야."

시호가 처음 만난 사람에게 그런 말을 하는 건 처음 들 었다.

대체 그녀는 뭘까?

그리고 왜 나는 그녀를 보고 과거 친구라고 생각했던 '리 이'를 떠올린 걸까.

솔직히 이 신비한 만남에는 상당히 놀랐다.

게다가 그 직후에 그녀가 전학생이라는 소개를 받고 한 층 더 놀랐다.

"쿠루미자와 쿠루리야. 잘 부탁해."

학생들의 시선을 받으면서도 핑크색 소녀는 당당하게 서 있다.

그 타오를 듯한 붉은색 눈동자는 어째서인지 나를 똑바로 바라보고 있었다.

◆

『쿠루미자와 쿠루리.』

때늦은 전학생이라는 점에서는 메리 씨와 비슷할지도 모른다.

하지만 결정적으로 다른 건 그녀가 교우관계에 적극적이지 않다는 점이었다.

"있지, 쿠루미자와는 왜 핑크 머리야?"

"키, 키라리 씨! 그녀는 불량 학생이에요. 가까이 가면 위험해요."

쉬는 시간.

메리 씨가 전학을 왔을 때는 자리 주위에 사람이 우글우글 모여들었지만…… 쿠루미자와 주변에는 두 명밖에 없다.

"……시끄럽기는. 무슨 색이든 무슨 상관인데?"

어째서 이렇게 메리 씨와 다른 건지.

그 이유는 쿠루미자와가 아주 퉁명스럽기 때문일 것이다.

항상 눈썹꼬리가 치켜 올라갔고 입술도 굳게 다물고 있어서 기분이 안 좋아 보인다. 그 탓에 다들 겁을 먹은 것처럼 보였다.

"즉 나는 앞으로 쿠루미자와를 '핑크링'이라고 불러도 되는 거야?"

다만 키라리는 예외다. 쿠루미자와가 귀찮아하든 말든 아랑곳하지 않고 말을 걸고 있다. 그게 걱정되는 건지 유즈키가 조금 떨어진 곳에서 지켜보고 있다는 구도다.

"'즉'이라는 접속사의 사용법을 모르는 인간에게 별명을 허락할 마음 없어."

"보, 보세요! 키라리 씨, 완전히 불량이라니까요!"

"……딱히 아닌데?"

"히이이익! 죄, 죄죄죄죄송합니다."

"냐하하! 유즈가 궁상맞은 게 재미있는 건에 대하여."

"하아…… 시끄러워. 딴 데 가."

한숨을 흘린 쿠루미자와가 고개를 돌렸다.

그녀 주위가 얇은 얼음벽으로 가로막힌 듯한 느낌이다.

아무와도 친해질 마음이 없다고 말하는 것처럼.

하지만 그 시선 끝에는──그 녀석이 있었다.

"맞아, 유즈키. 함부로 불량이라고 말하는 건 실례잖아……. 키라리도 괜히 캐묻지 말고. 그녀에게도 사정은 있을 테니까."

드디어 등장하셨다.

오늘도 류자키 료마는 '류자키 료마'다.

자연스럽게 저 녀석다운 말을 하고 있다. 조금 재수 없지만, 결코 나쁜 발언은 아닌…… 류자키 특유의 '다정함'이다.

사람에 따라서는 아주 기쁜 말이겠지.

"류, 류 군도 참……."

"료마 씨……."

적어도 키라리와 유즈키에겐 효과 만점이다.

류자키의 한 마디에 뺨이 발그레해졌다.

이거라면 쿠루미자와의 얼음도 녹일 수 있을지도 모른다고 생각했는데…….

"──뭐래?"

안 통했다.

쿠루미자와는 있는 힘껏 표정을 구기고 류자키를 노려보고 있다.

"말 걸지 마. 나는 너처럼 잘난 체하는 인간이 진심으로 싫으니까. 앞으로 다시는 참견하지 마."

"……커헉!"

아, 류자키가 쓰러졌다.

"류 군이 죽었어?!"

"역시 불량 학생이에요! 으으, 료마 씨. 아직 죽으면 안 돼요!"

"키라리, 유즈키. 지금까지 고마웠어. 딱히 남길 말은 없지만, 우선 컴퓨터 속 데이터는 보지 말고 그대로 욕조에 넣어줘……."

어째 저 세 사람도 친해졌구나.

콩트 같은 한 장면을 보여주는 세 사람을 보고 있으니 나도 모르게 웃음이 나올 것 같았다.

하지만 쿠루미자와만은 표정을 바꾸지 않는다.

"쇼는 다른 곳에서 해."

정말로 차갑다. 그 차가움은 입학식 직후의 시호…… 아니, 시모츠키와 비슷한 수준이거나 혹은 그 이상일지도 모른다.

덕분에 반 아이들은 완전히 겁에 질렸다. 다들 멀리서 쿠루미자와를 바라보기만 할 뿐 다가가려 하지 않는다.

그런데 왜 나는 '편안함'을 느끼는 걸까?

그녀의 태도도, 말투도, 표정도, 어째서인지 그립다고 느끼는 나 자신이 신기했다.

역시 그녀는 닮았다.

과거 내가 일방적으로 친구라고 생각했던 '리이' 같은 분위기라는 느낌이 든다.

◆

혹시 리이와 쿠루미자와가 동일 인물인가?

그녀가 자꾸 마음에 걸린다.

만약 동일 인물이라면…… 하고 싶은 말이 많다.

하지만 확신이 없어서 쿠루미자와와의 거리감을 영 잡지 못하고 있었다.

일단 학교에 있을 때 어떻게 지내는지 지켜봤는데, 그녀는 계속 혼자 다니면서 부루퉁한 얼굴을 하고 있었을 뿐이라 아무것도 알 수 없었다.

방과 후에도 쿠루미자와는 바로 집에 돌아가서 말을 걸 새도 없었다.

나는 여느 때처럼 시호와 귀가했다.

"흐아암."

아침부터 계속 하품을 흘리는 시호와 함께 걸어가던 도중.

머리가 멍해 보이길래 졸음도 깰 겸 쿠루미자와의 이야기를 꺼내자, 상상했던 것보다 더 격렬한 반응을 보여주었다.

"뭐어?! 쿠루미자와가 리이일지도 모른다고?!"

조금 전까지 보여주던 졸린 얼굴이 일변하여 적극적으로 달려들었다.

"즉 쿠루미자와는 코타로의 '소꿉친구'라는 건가?"

"뭐, 그녀가 '리이'라면 그렇겠지."

"······그녀가 첫사랑이거나 그래?"

"설마. 그때는 남자인 줄 알았는걸?"

연애 감정은 없다. 그런 이유로 그녀가 신경 쓰이는 건 아니다.

하지만 시호가 다른 여성에게 질투하는 경향이 있다는 건 안다.

"친구인 줄 알았는데 갑자기 사라져서 답답했었던 것뿐이야. 가능하다면 제대로 전하고 싶은 말이 있거든."

오해받지 않도록 정중하게 설명했다.

그래도 삐질지도 모른다고 걱정했는데.

"그렇구나! 그런 거였어."

딱히 이변은 없었다. 아무 걱정도 하지 않는다고, 그렇게 말하듯이.

물론 그건 나쁜 일이 아니지만 지금까지 시호가 보이던 태도와는 달라서 마음에 걸렸다. 아니, 이것도 지나친 생각일지도 모른다.

아무 일도 없다면 그걸로 됐다. 깊게 생각하지 말자

"흠흠. 즉 코타로는 쿠루미자와가 '리이'인지 궁금해서 밤에밖에 못 잔다는 거지?"

······밤에 잘 수 있으면 된 거 아닌가?

"그런 거라면 과거를 조금 더 자세히 기억을 더듬어 보는 건 어때? 뭔가 알 수 있을지도 몰라."

"기억이라……."

어린 시절에 좋은 추억은 별로 없다.

그동안은 어머니 일도 있어서 떠올리지 않으려고 했었다.

하지만 많은 일을 겪고 극복한 지금이라면 다른 기억도 되살아날지도 모른다.

"그래. 조금 생각해 볼게."

"그게 좋겠어! 잘 떠올려 봐. 더 예전 일도…… 예를 들어 아기일 적이라거나."

"아무래도 그렇게 옛날 기억은 없지."

"……과연 진짜 그럴까?"

시호가 의미심장하게 웃었다.

의도를 알 수 없어서 나는 고개를 갸웃거렸다.

"무슨 소리야?"

"글쎄, 무슨 소리일까…… 흐아암. 어쩐지 오늘은 유독 졸려."

시호가 눈을 비비며 나에게서 시선을 돌렸다.

딱히 이상한 반응은 아니다.

으음, 이 느낌으로 보아 그냥 별생각이 없는 건지도.

◆

조금 걸어서 시호의 집에 도착했다.

오늘은 사츠키 씨에게 저녁 찬거리를 나눠 받기 위해 그녀의 집에 들렀다.

사실은 시호가 우리 집에 올 예정도 있었는데, 그녀가 너무 졸려 보여서 중지되었다.

그런 관계로 직접 만든 고기 감자조림을 채운 반찬통을 안고 귀가.

사츠키 씨 덕분에 저녁을 차리는 수고가 덜어져서 시간이 조금 떴다.

"과거의 기억이라."

역시 '리이'가 신경쓰인다.

쿠루미자와를 본 뒤로 머릿속에서 그 녀석이 떨어지지 않는다.

그래서 시호의 조언대로 무언가 다른 에피소드를 떠올리려고 했지만…… 기억의 서랍이 좀처럼 열리지 않았다.

"……어쩔 수 없지. 다른 수단을 쓰는 수밖에."

차라리 이참에 리이와 같이 놀던 공원에 가 볼까?

걸어서 15분 정도 거리에 있으니 그리 멀지도 않다.

무언가가 떠오를지도 모른다. 확신은 없다. 그냥 막연한 충동이다.

그저 문득 떠올라서 불쑥 와 봤을 뿐.

그런데 그게 정답이었다는 듯.

"──늦었잖아."

마치 내가 오는 걸 기다린 것처럼.

그 공원에 그 아이가 있었다.

그때와 같은 모자를 뒤집어서 쓰고 옛날처럼 그네에 앉아 있었다.

하지만 자세히 보면 옛날과는 다른 부분이 많았다.

상대적으로 작아진 그네도, 바닥에 닿는 다리 길이도……그리고 모자 아래로 보이는 머리카락의 색이 '핑크색'인 것도.

이 머리카락 색은 틀림없이 그녀다.

하지만 그녀는, 그였다.

"혹시 리이?"

친구였던 그 아이의 이름을 불렀다.

그러자 그녀는 어깨를 으쓱하고 대답해 주었다.

"설마 했는데, 정말 여기까지 와서야 눈치채다니. 여전히 둔탱이라니까, 코오타로는."

옛날과 같은, 부루퉁한 표정으로.

그녀가 모자를 벗자 분홍색 트윈테일이 흘러내렸다. 내가 알던 '그'는 '그녀'였다.

정말로 리이다.

쿠루미자와가 리이였다!

반가운 기분에 무심코 그에게 달려가려고 했다.

하지만 직전에 그녀의 온도가 내려갔다.

"옛날의 나라면 그렇게 말했었겠지. 아쉽게도 그렇게 거친 말투를 쓸 수 있는 나이가 아니게 되었지만."

교실에 있을 때처럼 얇은 얼음벽이 그녀를 감쌌다.

"'나카야마'는 내가 리이라는 걸 알고 깜짝 놀랐어?"

호칭도, 이전처럼 '코오타로'라고는 불러주지 않는 모양이다.

거절하는 벽이 보인 것 같은 느낌이 들어서 나는 발을 멈추고 말았다.

"그때는…… 여자인 줄 몰랐어."

"그럴만해. 일부러 남자아이처럼 행동했으니까."

"어째서?"

"어이없는 이유야. 그래도 듣고 싶어?"

당연히.

어릴 때는 아무것도 몰라서…… 그걸 무척 후회했으니까.

"물론."

고개를 끄덕인 뒤 쿠루미자와…… 아니, 리이를 재촉했다.

그녀는 귀찮다는 듯 한숨을 쉬고는 시선을 옆으로 돌리며 담담히 설명했다.

"어릴 때부터 지는 걸 싫어했어. 역사 긴 집안에서 태어나서 주위에서는 '어차피 여자'라며 무시하는 인간이 많이 있었으니까. 아무튼 얕보이기 싫었거든. 아버지도 어머니도 나에게는 '여자아이답게 행동해도 돼.'라고 말해주었는데 거꾸로 고집을 부리면서 남자아이처럼 굴었지."

리이는 그네를 가볍게 흔들면서 쓰라린 말을 뱉어냈다.

"성격이 꼬였거든. 청개구리 심보라서. 그래서 나는 널 속였어."

못마땅…… 아니. 그녀는, 화가 났나?

나에게 화난 게 아니다. 리이는 자기 자신에게 화가 났다.

"결국 네게 아무 말도 하지 않고 이사 갔지. 작별할 때 울지도 모르니까. 약한 모습을 보여줄 만큼 강하지 않았어. 그래서 인사도 안 했어. 아마 너는 며칠씩 나를 기다렸겠지?"

"뭐…… 일주일 정도는 이 공원에 다녔지."

"역시나. 그런 성격이라는 건 알고 있었으면서 아무 말도 안 했어. 고집부리고, 헤어지는 것쯤은 서운하지 않다고 허세 부리고."

하지만 그녀는 당당했다.

마치 내 분노를 자극하는 듯한 태도로…… 그게 아무래도 의도적인 것처럼 보였다.

"자 그럼, 오랜만에 재회한 셈인데."

그렇게 말하며 리이는 그네에서 내렸다.

한쪽 팔을 허리에 올리고 모델처럼 섰다. 미안해하는 기색은 일절 없다.

당당하게, 그녀답게 서 있다.

"뭐 하고 싶은 말 있어?"

"물론, 하고 싶은 말이 많아."

"그렇겠지. 말해 봐. 지금이라면 들어줄게. 그때처럼 고집밖에 부릴 줄 모르던 나와는 다르니까. 패배를 알고, 내 언동을 후회하고, 간신히 내 나약함을 이해한 지금이라면 받아낼 수 있어."

아무래도 리이에게도 많은 일이 있었던 모양이다.

그렇다면 제대로 들어 달라고 해야지.

내가 그때 느꼈던 감정을 한 번 더……. 거기까지 생각한 순간, 감정이 순식간에 범람했다.

마치 어린 시절로 돌아간 것처럼.

당시에 느꼈던 '마음'을 떠올렸다.

"미안해. 말로 제대로 표현할 수 있는 감정은 아닌지도 몰라."

"그러면 행동으로 표현해도 돼. 나는 도망치지 않으니까. 그렇게 해서 네 기분이 풀린다면 받아들일 수밖에 없지."

리이는 각오를 다진 듯 턱을 당겼다.

기합이 많이 들어간 모양이다.

그렇다면 나도 제대로 행동으로 옮길까.

"리이. 나는……!"

나는 앞으로 팔을 내밀었다.

"……?!"

그 순간 리이는 몸에 힘을 주고 눈을 질끈 감았다.

마치 두려워하는 표정.

나는 반대로 당황했다.

왜 네가 쪼는 건데.

어찌 됐든 이대로 혼자서만 팔을 내밀고 있을 수는 없기에 멋대로 그녀의 손을 잡아 '악수'했다.

"——고마워."

그 후 넘쳐흐르는 감정을 말에 담았다.

그러자 리이는 눈을 뜨더니 멍하니 입을 벌렸다.

"어?"

당혹감과 놀라움이 뒤섞인 표정이었다.

나는 개의치 않고 내 마음을 전했다.

"줄곧 고맙다고 전하고 싶었어. 그때 내 옆에 있어 줘서 고마워. 리이가 나를 구해줬어."

고맙다는 한마디를 하지 못해서 답답했다.

6살 때 만나서, 9살 때 이후로 만나지 못하게 되었고……
그로부터 7년이 지났다.

슬픈 이별의 기억이니까 잊어버린 척하며 살았다.

하지만 지금은 어머니와의 충돌을 계기로 과거와 마주 볼 힘을 얻었다. 이제야, 리이와 제대로 마주 볼 수 있다.

오래도록 품고 있던 말을 털어놓아서 그런지, 가슴이 후련했다.

"어, 음, 저기……."

하지만 리이는 영 석연치 않다는 반응이었다.

"화 안 내?"

"내가? 왜?"

"아니, 그야…… 내가 저지른 일들이 있잖아? 성격이 뱅뱅 꼬였고, 귀찮고, 항상 퉁명스럽고, 입도 거칠고, 널 툭하면 무시하고, 잘난 척하며 훈수 두고, 제멋대로고, 끝내는 인사도 없이 사라졌잖아?"

"와, 자각은 있었구나."

"당연하지. 그러니까 화내라고."

안타깝지만 그건 누가 시켜서 할 수 있는 게 아니다.

"나는 그런 성격이 아니라서 말이지. 미안."

"아니, 여기서 네가 사과하면 어떻게 해. ……너 진짜, 여전하구나."

리이는 불쑥 쪼그려 앉았다.

여전히 그녀의 손이 내 손을 붙잡고 있었기에, 끌려가듯 나도 몸을 숙여야 했다.

그녀는 크게 한숨을 내쉬고는 떨리는 목소리로 말했다.

"⋯⋯나는 네가 당연히 화낼 줄 알았어. 몇 대 맞을 각오를 했을 정도로."

"난 그렇게 난폭하지 않아."

그렇구나. 그래서 몸에 힘을 줬던 건가.

그리고 보면 얼마 전에 비슷한 경험을 했었지.

물론 이츠키 씨는 날 끌어안았을 뿐이다. 나도 마찬가지다. 리이를 때릴 생각은 조금도 없었다.

어? 이츠키 씨와 내 사고방식이 비슷한가?

"하~ 이해할 수가 없네. 남자답지 못하다고."

"그건 나도 그렇게 생각해."

조금 더 굳세지고 싶다는 생각은 한다만, 지금이 나쁘다고 생각하지는 않는다.

"하지만 그게 네 좋은 점이지."

리이는 역시 그런 일면도 인정해주었다.

"사실 남자다워질 필요는 없지. 다 바보 같은 소리야⋯⋯. 애초에 성별로 인격을 논하는 시대는 지나갔어. 나도 지금은 잘 알아."

어릴 때는 '남자다움'에 집착하던 리이도 생각이 바뀐 모양이었다.

그녀도 나와 마찬가지로 어떠한 계기를 겪고 성장한 건지도 모른다. 리이는 예전보다 더 침착해 보였다.

"하지만 미움받을 만큼 궁상맞게 굴던 자각은 있어. 폐를 끼쳐서 미안해."

"난 딱히 미워한 적 없어. 폐라고 생각한 적도 없고."

"그래?"

오히려 '귀찮아'란 말을 자주 들었기에 그녀에게 미움받은 줄 알았다.

"말을 그렇게 못되게 했는데, 용케 안 미운털이 안 박혔네. 네가 그렇게 친근하게 여겼을 줄은 몰랐어."

"리이는 입이 조금 거칠 뿐이지, 상냥했으니까."

"……따, 딱히 상냥하진 않았거든."

오, 쑥스러워한다.

항상 퉁명스럽던 얼굴이, 묘하게 붉어졌다.

그러고 보면 어릴 때도 이런 느낌이었지. 본인은 숨기려고 했지만, 곧잘 얼굴에 나타나고는 했다.

덕분에 네가 나를 걱정했다는 것도 알고 있었다.

"뭐…… 그 '코오타로'도 생각보다는 잘 자란 모양이네. 어쩌면 지금도 울보일지도 모른다고 생각했는데."

"아무리 그래도 이제는 고등학생이니까. 그야 조금은 성장했지."

"손을 잡아 끌어주지 않으면 밤길도 걷지 못하던 울보 주제에."

리이가 내 손을 꽉 잡았다.

말랑말랑하고 부드러운 손이었다.

꿈에서 봤던 것과 같다. 당시에는 그게 신기했지만……
그래. 리이는 여자아이였으니까 부드러웠던 거구나.

막연히 감상을 품고 있자니 불현듯 리이가 손을 놓았다.

"아참, 이제 이러면 안 되지. 너랑 같이 있던 여자애가
네 여자친구지? 미안, 함부로 손을 잡아대서. 여자친구가
알면 화내겠다."

여자친구? 아, 시호?

시호와 같이 학교에 가는 모습을 보고 그렇게 생각한 모
양이다.

"그 은발 애…… 시모츠키랬던가? 내게는 숨기지 않아
도 돼. 설마 나에게 사양하려는 건 아니지?"

"그런 건 아닌데, 으음…… 이걸 뭐라고 설명해야 하지?"

나도 시호와 사이가 좋다는 자신은 있다. 서로 특별한
마음을 품고 있기도 하고.

하지만 아직 연인 관계는 아니란 말이지.

"……어, 설마 여자친구 아니야?"

리이가 의아한 듯 눈썹을 찡그렸다.

일어나서 팔짱을 끼고 날카로운 안광으로 나를 꿰뚫었다.

"이상한데? 너는 그 애를 좋아하잖아? 보면 알아."

"뭐, 그렇지."

"그런데 왜 안 사귀어?"

이렇게 물으니, 뭐라고 대답할지 모르겠네.

결국 다 설명해야 할 것 같다. 리이라면 분명 우리 사정을 이해하겠지.

"하! 서두르지 않아? 서로 마음은 이해해? 장래에는 어차피 사귈 거다? 웃기고 있네. 이도 저도 아닌, 고작 '보류'의 관계잖아. 너 혹시 어장관리당하고 있는 거 아니야?"

아니었다. 역시 이 관계를 남에게 설명하는 건 어려웠다.

남들 보기에 평범하지 않은 건 알고 있었지만, 설마 어장관리처럼 보일 줄은……

"그런 게 아니야. 시호는 그런 계산을 할 줄 아는 애가 아니거든."

물론 부정은 했다. 시호가 착하다는 건 누구보다 내가 잘 알고 있다.

하지만 초면인 리이에게는 정체를 모르는 타인이기도 하다.

"……너 실은 속고 있는 거 아니야? 그 애가 가지고 놀고 있는 건 아닌 거지? 확실히 얼굴은 예쁜 것 같다만, 내면도 좋은 사람이란 보장이 없잖아."

리이는 아직도 나를 걱정하고 있었다.

"나이를 먹고 성숙해지기야 했겠지만, 갑자기 그런 예쁜 여자친구가 생기는 건 이상하잖아."

"그건 뭐……. 외모 수준이 안 어울리기는 하지."

"거기서 비관하지 마. 애초에 걔랑 어울리는 얼굴의 남자가 세상에 몇이나 되겠냐. 중요한 건 그 부분이 아니야. 아, 그렇다고 네가 못생겼단 소리는 아니야."

아무튼 그녀는 나를 염려하고 있다.

옛날에도 그랬다. 나를 내버려 두지 못하는 건지 계속 옆에 있어 주었다.

어쩌면 리이는 '장녀 체질'인 건지도 모른다.

예전에는 그 다정함이 나를 구해주었다.

"중요한 건, 네가 아직 여자의 무서움을 모른다는 점이야. 그 애가 악녀일 가능성도 있다고. 악독한 애한테 잘못 걸리면 나중에 상처가 이만저만이 아닐걸? 그건 내가 용납 못 해."

"리이, 진정해."

"그냥 넘길 일이 아니라니까? 코오타로는 내가 지킨다!"

하지만 이번에는 반대로 그 다정함이 복잡한 사태를 일으킬 것 같았다.

그러고 보면 이런 적이 있었다.

어릴 때, 리이를 만나고 1년 정도 지났을 때였던가.

"코오타로는 꼭 동생 같아."

공원 벤치에 앉아 책을 읽고 있었더니 옆에 있던 리이가 멍하니 그렇게 중얼거렸던 게 문득 떠올랐다.

"동생? 내가?"

"응. 동갑이지만…… 뭔가, 항상 걱정이야."

쑥스러운 걸 숨기려고 그러는 건지 리이는 뺨을 긁적이면서 내 어깨를 쿡쿡 찔렀다.

아무래도 리이는 울거나 풀이 죽어있기만 하던 나를 내버려 두지 못했던 모양이다.

그녀는 여러모로 무척 잘 돌봐주는 타입이었다.

숙제 중에 모르는 게 있으면 자세히 가르쳐주었다.

쓸쓸하다고 하면 계속 옆에 있어 주었다.

하지만 당시의 나는 그게 그녀의 다정함이라는 걸 이해하지 못했다.

왜냐하면 리이의 태도가 아무튼 퉁명스러웠기 때문이다.

『공부가 어려워? 하아, 귀찮지만 가르쳐줄게.』

당시 비굴하던 나는 리이의 말을 액면 그대로 받아들였다.

나 같은 녀석에게 공부를 가르치는 건 정말로 귀찮은 일이라고 생각했으니까.

『뭐? 쓸쓸하다니…… 몰라. 난 코오타로를 위해 여기에 있는 게 아니야. 그냥 놀고 있었더니 네가 온 것뿐이잖아?』

　리이가 변덕으로 같이 있는 거라고 생각했다.

　나 같은 녀석 옆에 굳이 있어 준다니, 믿을 수 없었으니까.

　조금만 생각하면 알 수 있다.

　리이가 쑥스러운 걸 숨기느라 일부러 퉁명스럽게 행동했다는 걸.

　하지만 나는 좋게도 나쁘게도 사람을 의심하지 못하는 성격이었다.

　"맨날 옆에 있어서 미안해."

　리이에게 진심으로 미안해서 그렇게 사과한 적도 있었다.

　그러자 리이는 복잡해 보이는 표정으로 이런 말을 했다.

　"너…… 너무 순진한 거 아냐? 역시 나는 코오타로가 걱정이야. 언젠가 나쁜 여자에게 속을 것 같아."

　쿠루미자와…… 리이와 만난 덕분인 건지.

　아니면 어머니와의 관계가 안정되었기 때문인지도 모른다.

　아니, 둘 다 원인일까.

　요즘 옛날 일을 잘 떠올릴 수 있게 된 느낌이 든다. 덕분에 리이가 아주 잘 돌봐주고 장녀 기질이었다는 것도 잘 떠올랐다.

그리고 지금은 그게 원인이 되어 조금 이상한 사태가 일어나고 있다.

"시모츠키. 나는 널 인정 못 해."

점심시간.

교사 뒤, 인기척이 없는 장소에서 시호와 도시락을 먹고 있을 때였다.

우리를 몰래 미행하던 리이가 불쑥 나타나서 이렇게 말했다.

"나카야마를 가지고 놀지 마."

아니, 저기, 너무 저돌적인 거 아니야?

"저……."

"나카야마는 가만히 있어."

"아니……."

"너는 착하니까 이런 말 못 하잖아?"

"언제……."

"내가 대신 말해줄 테니까 맡겨놓고 있어."

일단 그녀를 말리려고는 했지만 내가 말을 모조리 차단하는 통에 무리였다.

"시모츠키, 뭐라고 말 좀 해봐."

"어? 어? 어? 무, 무슨 니리야?! ……우물우물."

갑작스러운 추궁에 시호는 당황했다.

그래도 식탐이 이겨서 달걀말이를 열심히 먹는 모습은 시호다워서 흐뭇하다. 다람쥐처럼 볼이 불룩하다.

"꿀꺽. 으어어…… 쿠루미자와? 아니, 쿠루리가 낫나?"

"쿠루미자와."

"알았어. 쿠루리라고 부를게."

"뭐? 나카야마, 역시 얘는 안 돼. 내 얘길 안 듣잖아."

글쎄, 하루 이틀 일이 아닌데…….

"애초에 시호는 남의 이야기를 안 들어."

상당히 마이웨이 타입이라서 남이 하는 이야기는 소귀에 경 읽기다.

"제, 제대로 듣거든!"

본인은 부정하고 있지만 과연 그럴까?

그렇게 우리의 대화가 계속 이어질 것 같다고 판단한 건 지 리이가 끼어들었다.

"뭐, 그건 본론이 아니고. 시모츠키, 너 나카야마를 가지고 노는 거지? 빨리 인정하지 그래?"

"?????"

시호가 이쪽을 쳐다봤다. 영문을 모르겠다는 얼굴이었다.

"그게 실은……."

"나카야마는 가만히 있어."

"……네."

하지만 그걸 리이가 허락하지 않았다.

어릴 때부터 습관인 건지 무의식중에 그녀의 말을 따르게 된다.

시키는 대로 입을 다문 나를 시호가 신기한 걸 보는 눈으로 쳐다봤다.

"우와. 코타로가 뭔가 강아지처럼 얌전해! 손 하면 손을 주려나?"

"주겠지. 옛날부터 나카야마는 순진했으니까. 너무 순진해서 내가 고생했을 정도로! 조금만 더 말 뒤에 숨겨진 뜻도 봐줬다면——! 아니, 그런 건 지금 상관없고."

리이는 유난히 시비조다.

"나카야마를 속이고 있냐 아니냐 묻고 있잖아. 빨리 대답해."

리이가 시호를 몰아붙이는데, 평소와 달리 시호는 겁을 먹기는커녕 신기하게도 유난히 여유가 있었다.

"나는 코타로를 속인 적 없어."

"그럼 가지고 노는 건가?"

"가지고 놀다니……? 놀이 말이야……? 같이 놀기는 하는데."

"그거 말고! 가지고 논다는 건…… 나카야마의 사랑을 이용해서 우롱한다는 거야."

"뭐?! 그, 그런 나쁜 짓을 어떻게 해!"

"정말? 의심스러운데……. 그렇게 예쁘게 생겼으면서

나카야마를 선택하다니, 이상하잖아. 사실은 나카야마보다 잘생긴 남자친구가 있는 거 아니야?"

"뭐? 코타로는 잘생겼거든! 세상에서 제일!"

"…………흥. 어쩔 수 없네. 조금 봐줄게."

아니, 왜 거기서 용납하는 건데.

시호가 칭찬한 건 나인데 왜 네가 좋아해? 그건가? 동생을 둔 누나의 마음이야?

굉장히, 뭔가, 옆에서 듣고 있으려나 부끄럽다.

"시모츠키는 나카야마를 좋아해?"

"응! 아주 좋아해."

"고작 그 정도?"

"아니거든! 아주아주아주아주 좋아해!!"

이런 대화는 가능하면 내가 없는 곳에서 해 줘.

창피해서 밥이 넘어가지 않는다.

"하지만 너와 나카야마는 사귀지 않는다며? 그렇게 좋아하면서 그건 이상하다고 보는데."

"뜨끔."

만화처럼 의태어를 입으로 뱉는 사람은 처음 봤다.

리이의 한마디에 시호의 안색이 노골적으로 나빠졌다.

"사사사사귀는 건 아니지만 그건 딱히, 싫어서 그런 게 아니야."

"그러면 뭔데."

"너, 너무 좋아하니까, 사귀었다간, 너무 좋아서 머리가 이상해질 것 같다고. 나는 사랑이 무거워서…… 아마 코타로를 엉망으로 만들 거야. 귀찮게 만들 것 같아."

……이건 글렀군. 어제의 나와 같은 설명이잖아.

어제 나도 시호와 어떤 관계인지 열심히 설명했다. 하지만 그녀는 인정하지 않았다.

뭐 내가 듣기에도 시호의 설명도 논리적이지 않다. 이래서야 리이도 수긍하지 못하겠지.

"이해해."

어째서!

그녀는 크게 고개를 끄덕였다. 양 갈래로 묶은 핑크색 트윈테일이 크게 출렁였다.

"그러니까 너무 좋아하지 않도록 참고 있다는 거야?"

"응. 이 이상 좋아하게 되는 게 조금 무서워."

"……이해해!"

이번에는 시호의 말을 음미하듯 깊이 고개를 끄덕이는 리이. 조금 전까지 시비조였는데, 그게 조금 누그러들었다.

혹시 이 두 사람…… 궁합이 잘 맞나?

"……둘이 의견이 잘 맞는 거 아니야?"

내 지적에 두 사람이 퍼뜩 놀란 듯 고개를 들었다.

"화, 확실히 왠지 친해질 수 있을 것 같아!"

"뭐어?! 따, 딱히 그런 건 아니거든……! 시모츠키, 너와 친해질 마음도 없어!"

시호는 순순히 인정했지만, 리이는 솔직하지 않았다.

"나는 아직 시모츠키를 인정한 건 아니니까!"

그렇게 말하며 그녀는 도망치듯 달려갔다.

그 뒷모습을 바라보며 시호가 고개를 갸웃거렸다.

"혹시 쿠루리는 츤데레야?"

"……보고도 아니라고는 못 하겠네."

어렴풋하게 눈치채고 있었다. 퉁명스럽고 솔직하지 못하지만, 속이 다 보이고, 쌀쌀맞지만 상냥하고……. 그런 부분에서 츤데레의 느낌이 난다.

"흠흠. 역시 쿠루리를 상대로는 전혀 긴장하지 않아."

그리고 신경 쓰이는 점이 하나 더.

그녀도 신기해하는 것처럼 시호의 태도가 리이에게는 자연스럽다.

마치 아즈사나 나와 대화할 때처럼 '본래의 시호' 모드다.

어째서일까?

객관적으로 보면 리이처럼 모가 난 인간은 본래 시호가 선호하지 않는 타입인데…… 그게 역시 마음에 걸린다.

조금 더 두 사람을 지켜보고 싶다.

어쩌면 리이와 시호는 친해질 수 있을지도 모른다. 나는 잠시 두 사람을 관찰하기로 했다.

◆

　오후. 수학 수업에서 쪽지 시험을 보고 시호가 훌륭하게 낙제점을 받았다.

　요즘은 게임만 하는 것 같더니, 결국 그런 결과가 나온 모양이다.

　무려 한 자릿수 점수를 쟁취한 그녀는 오히려 당당했다.

　"내 인생에 X 같은 건 필요 없어."

　"갑자기 무슨 소리야?"

　여느 때라면 그 푸념을 듣는 건 나였을 것이다.

　하지만 시호는 리이에게 무언가를 느낀 모양이었다. 방과 후가 되어 집에 갈 준비를 하는 그녀에게 말을 걸고 있다.

　"냉정하게 생각해 봐. 애초에 P점의 위치를 알아서 뭐에다 쓰겠어?"

　"바보가 할 만한 소리네."

　"바보라고 하지 마……! 으으, 낙제점 받았어. 쿠루리는 몇 점이야? 역시 낙제점이겠지? 내 밑바닥 깔아줬지?"

　"그럴 리가 없잖아. 만점이었거든."

　"만점?! 괴, 굉장해라."

　"오히려 그렇게 간단한 문제에서 낙제를 받는 네가 더 대단하다만."

　"흐응? 그럼 가르침을 받아줄 수도 있는데? 낙제점 받은 사람은 다들 숙제를 받았잖아? 내가 잘 배워 줄 수 있어."

"왜 네가 거들먹거리는 거야. 난 돌아갈 거야."

"앗, 기다려! 죄송합니다, 공부 가르쳐주세요, 제발!"

시호는 다른 사람의 시선이 많은 장소에선 좀처럼 본래의 성격을 드러내지 않는다. 내 앞에서 가끔 흥분하면 이렇게 되기도 하지만, 시선이 많은 학교인데도 리이 옆에서 편안하게 행동하는 그녀를 보니 어쩐지 기뻤다.

어쩌면 시호도 리이의 다정함을 느낀 건지도 모른다.

"좀! 진짜 볼일 있다고……! 아아, 정말, 알았어! 가르쳐 줄 테니까 끌어안지 마!"

"진짜?! 만세! 기뻐라."

"……근데 이 쪼끄마한 애는 또 뭐야?"

"흐억?"

리이가 시호의 등 뒤를 가리켰다.

그 손가락을 따라 시호가 시선을 옮겼다.

그곳에는 시험지와 숙제 프린트를 들고 쭈뼛거리는 아즈사가 있었다.

"아즈냥, 무슨 일이야?"

"아, 아즈사도, 낙제라서…… 숙제, 해야만 하는데."

"엇! 아, 진짜다. 나랑 똑같이 8점이네!"

"말하지 마! 으으, 설마 이렇게 낮을 줄이야……."

"흐응? 그래서 뭔데. 나한테 하고 싶은 말이라도 있어?"

"응. 쿠루미자와는 시모츠키에게 가르쳐줄 거야?"

"정말로 유감이지만 그렇게 된 모양이야."

"그럼 아즈사에게도 가르쳐주세요!"

그렇게 말하며 아즈사가 꾸벅 머리를 숙였다.

상당히 드문 광경이었다. 아즈사도 제법 낯가림하는 타입인데…… 초면인 리이에게는 가볍게 말을 걸고 있다.

시호도 그렇고 아즈사도 그렇고…… 그리고 나도 그런가.

리이는 얌전한 타입에게 인기가 있는 건지도 모른다.

"별일이네. 나에게 배우고 싶어? 왜?"

"뭔가, 쿠루미자와는 친절할 것 같아서."

"따, 딱히 친절하진 않거든?"

부정은 하지만 내심 기분은 좋은 모양이다.

트윈테일이 부드럽게 찰랑거린다. 그래, 여기로도 감정이 드러나는 건가.

"저기…… 안 돼?"

"뭐, 시모츠키에게 가르쳐주는 김에 하는 거니까 상관없어. 한 명이든 두 명이든 똑같아."

"와아! 시모츠키에게만은 지고 싶지 않으니까, 아즈사에게 많이 가르쳐줘."

"앗, 치사해. 나도 지고 싶지 않아! 언니의 위엄이……!"

"근데 볼일이 있다는 건 사실이거든? 한 시간 정도밖에 못 하는데…… 아, 잠깐만. 이런 건 나카야마에게 배우는 게 낫지 않아? 의외로 성적은 좋잖아?"

셋이서 떠들썩하게 이야기하는 걸 멍하니 바라보고 있었더니 그녀가 나에게 두 사람을 맡기려고 시도했다. 이걸 보면 거짓말로 볼일이 있다고 한 건 아닌지도 모른다.

하지만 두 사람은 완전히 리이에게 배울 준비를 마쳤다.

"한 시간이면 돼. 오히려 한 시간이 좋아."

"오빠는 너무 친절해서 공부할 마음이 안 들어. 오빠는 다른 사람에게 전혀 엄하게 굴지 못하잖아."

"맞아. 코타로가 있으면 자꾸만 게으름을 피우게 된다니까."

"즉 아즈사와 시모츠키의 성적이 나쁜 건 오빠 때문이라는 거지!"

"그래. 전부 코타로 잘못이야."

대꾸할 말이 없군.

나는 다른 사람을 가르친다는 행위가 성격적으로 안 맞는다.

자꾸만 봐주고 받아주니까 둘 다 툭하면 스마트폰 게임으로 도망쳐버린다.

"그건 너희 잘못이잖아. 바보 아냐?"

그 점에서 리이는 확실하게 말하는 타입이다.

두 사람의 집중력을 잡아주기에는 딱 맞을 것이다.

"뭐, 나카야마의 뒷수습이라면 어쩔 수 없지……. 자, 한 시간밖에 없으니까 똑바로 집중해."

"""네!"""

방과 후 교실에서 리이를 중심으로 시호와 아즈사가 수학 숙제를 푼다.

그런 세 사람을 바라보며 나는 그만 웃음이 나올 것 같았다.

믿을 수 있는 친구와 좋아하는 여자아이와 소중한 가족이 사이좋게 지내는 모습은 어쩐지 무척 근사했다.

◆

"시모츠키를 악녀라고 부르기에는 너무 '얼간이'야."

리이가 전학해 온 지 일주일이 지났을 무렵 나온 결론이었다.

"믿기지 않아⋯⋯. 그 얼굴로 바보라니, 너무 모순된 거아냐? 딱 봐도 '못하는 건 아무것도 없습니다'는 얼굴인 주제에, 아무것도 못 하잖아."

"아, 아무래도 그 정도는 아니지 않을까⋯⋯."

해 질 녘의 공원에서 리이는 그네에 앉아 고개를 숙이고 있다.

두 손으로 머리를 부여잡고 신음하듯 말을 늘어놓았다.

"그러면 시모츠키가 뭘 할줄 아는지 말해봐."

"…………."

"거 봐. 너도 아무 말도 못 하면서."

미안, 시호.

널 옹호하려고 했는데, 아무것도 생각나지 않았어.

"으윽……. 그래도 평소에는 의외로 야무져. 믿는 사람이 있으면 풀어지는 타입일 뿐이지."

내 앞에선 시호는 대체로 흐물흐물하다.

하지만 혼자 있을 때는 이러니저러니 해도 자기 일은 스스로 하니까 못한다기보다는 안 하는 인간이다.

"할 수 있는데 안 하는 거라면 더 나쁜 거지."

"……지당한 말이네."

또다시 순식간에 논파당했다.

어깨를 움츠리자, 리이는 크게 한숨을 쉬었다.

"덧붙이자면 네 동생도 상당한 수준이었어. 너무 어리광을 받아준 거 아니야? 다정한 건 장점이지만 때로는 엄하게 대하는 것도 다정함이라고."

"알고는 있는데…… 귀여워서 그만……."

"하아. 진짜 내버려 둘 수 없다니까. 너도 포함해서."

질린다는 듯한 말투이기는 하다.

하지만 다 큰 지금은 그 말에서 묻어나는 배려심을 제대로 눈치채고 있다.

"고마워. 리이 덕분에 시호도 아즈사도 어쩐지 즐거워

보여……. 두 사람 다 낯을 가리는 편이라, 친구가 늘어난 게 기쁜 것 같아."

"그것도 이해할 수 없어. 하필이면 나한테 꽂히다니 뭔데? 입도 거칠고 퉁명스럽고 쌀쌀맞은 인간인데."

확실히 겉으로 보면 그럴지도 모른다.

하지만 두 사람은 사람의 '내면'을 느끼는 섬세함을 지니고 있다.

그러니까 네 다정함을 느끼는 거지.

"두 사람 다 나를 마음에 들어 하니까."

"……그러게. 네 장점을 눈치챌 수 있는 인간이지."

그렇게 말하더니 리이는 하늘을 올려다보았다.

이번에는 아무런 말도 하지 않는다. 생각을 정리하는 것처럼 보였기에 나도 아무 말도 하지 않았다.

"".............""

잠시 침묵의 시간이 흘렀다.

사람에 따라서는 어색함을 느끼는 순간일지도 모른다.

하지만 리이 상대로는 그런 느낌이 없다.

……이렇게 단둘이 공원에 있으면 역시 추억이 자극된다.

사실 요 일주일 동안 매일같이 저녁이 되면 공원에 왔다.

그녀도 그걸 싫어하지 않고 나를 여기서 기다린다. 어딘가에 갔다가 돌아오는 길에 들리는 건지 복장은 항상 교복이다.

덕분에 30분 정도 잡담하는 게 일과가 되었다. 그게 무척 즐겁고 기분 좋았다.

나에게 그녀는 지금도 여전히 '리이'인 거겠지.

7년이 지났어도, 성별이 달랐어도 본질은 변하지 않았으니까.

"기적 같은 애야."

몇 분 정도 지났을까.

리이가 기가 막힌다는 듯 중얼거렸다.

"그렇게 예쁘고 사랑스럽고…… 그런데 내면은 아이처럼 순수하고 어려. 대화해 보면 투명해. 아주 순수하고 정말 좋은 애인 것 같더라. 싫어할 수 없을 만큼."

일주일 전에는 시호가 악녀일지도 모른다고 우려했었다.

하지만 지금은 제대로 이해한 모양이다.

"좋은 사람을 만나서 잘됐네. ……어쩐지 맥이 풀렸어."

"응. 시호를 만나서 정말 다행이야."

"……나는 틀림없이 속아 넘어간 줄 알았지. 남에게 이용당하기 쉬운 성격이니까. 그간 코오타로도 강해졌다는 건가?"

짙은 붉은색 눈동자가 나를 똑바로 응시한다.

그녀의 눈빛이 조금 쓸쓸해 보였다.

"이젠 내가 손을 잡아당기지 않아도 스스로 걸을 수 있겠네."

그러면서 동시에 말에서 기쁨이 묻어났다.

리이는 지금도 나를 '동생'이라고 여기는 걸까? 어쩌면 '동생의 성장을 실감하는 누나'의 심정인 걸지도.

"시모츠키에게라면 널 맡길 수 있겠어. 그 애 옆에 있으면 싫어도 정신 똑바로 차리고 있어야 할 테니까…… 그렇지?"

"아하하. 그렇지."

고개를 끄덕이자, 리이의 표정이 살짝 부드러워졌다.

작은 미소였지만 그녀 기준으로는 환한 미소다.

"시모츠키와 꼭 행복해져야 해."

진심에서 나온 응원.

나에 대한 애정을 느끼고 가슴이 벅차올랐다.

리이는 정말로 나를 소중히 여긴다.

이 마음에 보답하고 싶다.

많은 도움을 받았으니까 하다못해 조금이라도 은혜를 갚고 싶다.

그래서 나는 한 걸음 파고들었다.

"나는 리이도 행복해졌으면 좋겠어."

"……뭐래. 나는 이미 행복하거든?"

거짓말이다.

리이가 아무렇지도 않은 척할 때는 항상 허세 부리고 있을 뿐이라는 걸 나는 잘 안다.

왜냐하면 리이는 츤데레니까.

긍정을 부정하고 긍정을 부정하는 청개구리 같은 성격이다.

"그럼 왜 너는 항상 괴로워 보이는 얼굴인 거야?"

"딱히 괴롭지 않은데?"

"정말? 혼자 있을 때 늘 울 것 같은 표정이면서?"

"……봤어?"

응. 지난 일주일 동안 계속 너를 지켜봤다.

"시호도 너를 걱정했어……. '쿠루리, 뭔가 고민이 있는 것 같으니까, 코타로가 어떻게든 해 줘'라고."

나조차 위화감을 느꼈을 정도다.

감수성이 예민한 시호가 눈치채지 못할 리가 없다.

"바보 주제에 그런 부분은 예리하구나…… 하아."

리이가 고개를 숙였다.

한숨을 흘리고 나에게서 시선을 돌리며…… 그녀는 입을 다물었다.

아무 말도 하고 싶지 않다는, 그런 표정이다.

……이전의 나였다면 여기서 물러났을지도 모른다.

겁 많고 내성적인 '엑스트라'였다면 그녀가 원하지 않는다는 변명을 대며 물러났겠지.

하지만 나는 '나카야마 코타로'다.

엑스트라와도, 하물며 어린 '코오타로'와도 다르다.

"애초에 너는 왜 이런 시기에 전학한 거야? 왜 7년 만에 이 공원에 왔어? 왜…… 항상 병원이 있는 방향으로 돌아가?"

그녀가 안고 있는 문제다.

캐묻는 게 반드시 좋은 일이라고 할 수는 없다.

하지만 그녀의 본심을 알기 위해서는…… 다소 억지로라도 파고들 필요를 느꼈다.

"알아서 어쩌려고? 네가 뭘 할 수 있는데?"

리이가 표정을 지웠다.

어조도 달라져서 으르렁거리는 듯한 목소리다.

얇은 얼음벽을 주위에 두르고 나를 거절하려고 한다.

그래서 나는 그 얼음을 부쉈다.

이제 그 시절의 내가 아니다.

아무것도 모르는 걸 허용할 수 있는 인간이 아니게 되었다.

아무것도 하지 않으면 네가 아무 말도 하지 않고 사라진다는 걸 나는 배웠다.

"네게 항상 도움받았으니까, 이번에는 내가 널 도와줄 차례야."

그렇게 말하며 웃었다.

경계하지 않아도 괜찮다는 마음을 담아.

"남이 해결할 수 있는 문제가 아니라고 한다면?"

"남이 아니야. 나에게 리이는 '친구'니까."

"…………."

반론하자 그녀의 눈동자가 불현듯 젖어 들었다.

조금 전까지는 이를 악물고 으르릉거리는 듯한 목소리를 냈지만…… 그게 풀어졌다. 표정에서도, 몸에서도 단숨에 힘이 빠져나가 쭈그려 앉았다.

그리고 리이는 고집쟁이의 가면을 옆으로 돌렸다.

여느 때보다 아주 조금, 솔직한 그녀의 얼굴이 드러났다.

"……할아버지가, 입원했어."

"그 병원에……?"

"그래. 실은 몇 달 전에 쓰러져서 못 일어나고 있어……. 전까진 도시의 큰 병원에 입원하고 있었는데 갑자기 병원을 바꾸게 되어서, 이 근처 병원으로 옮겼지. 일단 할아버지의 고향이기도 하고 장소도 나쁘지 않아. 부모님이 보유한 맨션도 있어서, 지금은 거기서 혼자 살아."

쿠루미자와 쿠루리라는 소녀의 개인 정보를 들은 건 이게 처음이다.

생각보다 심각한 사정이었기에 한 마디도 흘리지 않으려고 세심히 귀를 기울였다.

"매일 방과 후에 병문안하러 가는데…… 매번 할아버지와 싸우고 병실을 나와. 그러면 이 공원에 와서 너와 대화하고, 마음을 달랜 뒤에 다시 병실로 돌아갔지. 면회 시간이 끝날 때까지 할아버지를 지켜보고 있어."

"그랬었구나."

"그래…… 내가 보지 않으면 할아버지는 계속 누워있기만 해서 무서운걸. 사는 걸, 포기해버릴 것 같아서……."

이야기를 들어보는 한 그녀의 할아버지는 절대 안심할 수 있는 상태가 아닐 것이다.

리이는 겁을 먹은 것처럼 보였다.

"고집 세고, 괴팍하고, 꽉 막혔고, 예쁜 구석이라고는 하나도 없는 망할 할아버지인데…… 나를 혼내는 유일한 사람이었어. 어리광을 받아주는 부모님 대신 어떤 게 좋은 일이고 어떤 게 나쁜 일인지 제대로 가르쳐준 사람이 할아버지였어."

"……소중한 사람이구나."

"당연하지. 하나뿐인 사람이니까…… 아직, 가 버리는 건 일러. 나는 아직, 할아버지에게 아무런 보답도 못 했는데."

아무래도 그녀는 그 일로 계속 고민했던 모양이다.

"하지만 솔직해지지 못하겠어. 나는 항상 강한 척하기만 하고…… 할아버지에게도 쌀쌀맞게 굴기만 할 뿐이지 어떻게 하질 못해서."

고집쟁이의 가면은 좀처럼 벗겨지지 않는다.

지금도 살짝 옆으로 돌려놨을 뿐, 완전히 벗지는 않았다.

왜냐하면 리이는 도움을 요청하려 하지 않으니까.

사정을 이야기하는 것만으로도 벅차다는 표정이었다.

그렇다면 내 쪽에서 다가가면 그만이다.

"뭔가 내가 할 수 있는 일은 없어?"

"…………모르겠어."

"그럼 내가 할 수 있는 걸 찾아볼게."

"…………부탁한 적 없어."

"내 마음대로 하는 것뿐이니까 신경 쓰지 마."

"…………오지랖은."

"네가 항상 하는 거잖아."

이미 가면이 돌아오고 있다.

그래서 서둘러 그녀가 뭘 원하는지 물었더니 이런 답이
돌아왔다.

"…………할아버지가, 건강해졌으면 좋겠어."

"알았어. 다른 건?"

"…………솔직해지고 싶어."

좋아, 이만큼 들었으면 충분하다.

"맡겨줘."

네 도움이 될게.

나카야마 코타로는 무엇이든 될 수 있는 인간이다.

그러니까 '주인공' 같은 일도 할 수 있을 거야.

제4화
렌탈 남자친구?

꿈틀거린다.

이야기가 태동한다.

그녀와의 만남은 역시 트리거가 된 모양이구나.

『어릴 적 남자인 줄 알았던 소꿉친구가 사실은 귀여운 여자아이였다.』

하도 많이 사용된 나머지 쓰이지 않게 되었다가 반대로 다시 사용하게 된 클리셰를 따라 스토리가 호흡을 되찾기 시작했지만.

생각했던 방향과는 다른 전개가 될 것 같다.

——메인 히로인이 위기감을 느끼지 않는다.

새로운 라이벌이 될 수 있는 존재인데도 시호는 느긋하다.

그녀는 코타로를 진심으로 신뢰하는 거겠지…… 불안이 전혀 없다. 완전히 안심하고 있다.

메인 히로인과 라이벌 히로인의 관계가 전혀 험악해지지 않다니, 그런 러브 코미디가 있어도 되겠냐고.

스토리에는 대립이 불가결하다.

경쟁심이 원동력이 되어 갈등이 생기고 선택이 생기고 성장을 이룬다.

그게 사라진 어중간한 러브 코미디가 되기는 했지만 뭐,

쿠루리 덕분에 스토리에 파문이 일어나려고 하니 나쁜 흐름은 아닌 것 같다.

역시 그녀를 투입한 건 정답이었다.

이전에 망할 영감이 입원했던 병원에 압박을 준 보람이 있었다고 할까.

예상했던 대로 그 망할 영감의 고향…… 즉 코타로가 사는 지역의 병원으로 옮겨가 줘서 다행이다.

어휴. 그나저나 나와 대등하게 겨룰 수 있는 인재가 또 줄어들게 생겼네……. 역시 평범한 인간은 병과 노화에는 이길 수 없나?

과거 추악한 상술 전쟁을 벌였던 상대가 약해진 모습은 썩 보기 좋은 광경이 아니었다.

아, 이건 거짓말. 딱히 아무 생각도 안 들더라. 나는 냉혈한이거든.

메리라는 소녀는 자신의 쾌락에만 충실한 인간이다.

지금도 그렇다. 자신의 즐거움을 위해 배후에서 이런저런 일을 조정했다.

과거에 연이 있던 쿠루미자와였기 때문에 조금 느려지긴 했지만, 진척은 대충 나쁘지 않다.

"자 그럼, 여기서부터는 예측할 수 없겠고."

이야기를 스토리로 되돌릴까.

처음 예정대로였다면 시호와 쿠루리가 대립하며 질척질

척한 러브 코미디가 되어야 했지만, 그런 전개는 될 것 같지 않다.

얼간이 히로인에게 기대한 내가 바보였지.

이대로는 별다른 긴장감도 없이 쿠루리가 승리할지도 모른다.

내 생각대로 움직일 수 있다면…… 그녀의 바람은 이토록 쉽게 달성된다.

쿠루리가 코타로를 빼앗아도 이상하지 않은 전개가 되어가고 있다.

한편 코타로 쪽은 기대했던 것보다 더 큰 성장을 보여주었다.

이전에 어머니와의 갈등을 극복한 덕분인지 그는 완벽하게 진화했다.

엑스트라에서 주인공이 되었다.

'이번에는 내가 널 도와줄 차례야'라는 대사는 정말 짜릿했다니까.

그것이야말로 진짜 주인공의 발언이다.

앞으로 그는 대체 어떻게 움직일까?

쿠루리를 솔직하게 만드는 것.

망할 영감을 건강하게 만드는 것.

이 두 개를 동시에 해결하는 건 지극히 어렵다.

일반적으로 생각하면 불가능하다. 지금의 너라도 조금

어렵다.

그러니 이번에는 '각성'이 필요하다.

료마는 이루지 못했던 다음 단계에 네가 올라설 수 있을지.

사랑에 타락한 메인 히로인에게 현혹되지 않고 이 스토리를 제대로 이끌어갈 수 있을 것인가.

너희가 만드는 러브 스토리를, 한때 창작자를 자칭하던 이 '메리'가 지켜볼게.

그게 재미있을지 아닐지는 물론 주인공(코타로)에게 달렸지.

◆

시모츠키 시호라는 소녀와 이야기하다 보면 신기한 감각이 들 때가 있다.

"쿠루리는 항상 괴로워 보여."

이건 리이의 사정을 알기 얼마 전.

나카야마 가에서 간식을 먹던 시호가 그렇게 중얼거렸다.

"아니, 아니지. 항상 그런 건 아니고. 정확하게는…… 코타로가 없을 때 쿠루리에게서 괴로워하는 소리가 들려."

그런 말을 들었기에 리이의 상태를 신중하게 살펴보게 되었다.

덕분에 리이에게 무언가 사정이 있다는 걸 깨달을 수 있었다.

"도와줘. 쿠루리는 네 앞이 아니면 웃지 못하는 것 같으니까."

웬일로 시호는 쿠루리에게 관대했다.

"……쿠루리의 마음을 잘 알거든. 왜냐하면 나와 같으니까."

시호가 리이에게 마음을 연 이유.

그건 두 사람이 닮은꼴이기 때문이었나.

"나도 도움이 되고 싶은 마음은 있는데……."

하지만 마음에 걸리는 게 있다.

"시호는 괜찮아?"

내가 다른 여자에게 관심을 줘도 돼?

의외로 질투가 심한 성격인데 너는 괴롭지 않아?

만약 시호가 싫다면, 나는——.

"괜찮냐니…… 뭐가?"

하지만 시호는 내 걱정을 눈치채지 못한 모양이었다.

어리둥절한 얼굴로 나를 쳐다보고 있다.

"나는 괜찮아! 왜냐면 쿠루리는 친구니까. 코타로만이 아니라 나도 협력할게!"

천진난만한 미소에 거짓은 없다. 그녀는 정말로 아무렇지도 않은 모양이다.

질투의 화신까지는 아니어도 독점욕이 강한 경향이 있는데.

뭔가 이상한데……. 그렇게 파헤치려고 한 순간, 나는 생각을 끊어냈다.

"……그래. 리이의 힘이 될 수 있도록 노력하자."

"응! 화이팅!"

그녀도 리이를 걱정한다.

그저 그뿐이니까…… 지나친 생각은 하지 않기로 했다.

◆

──그런 경위가 있었기에 리이의 사정에 파고들었다.

하지만 구체적으로는 어떻게 해야 할까?

『할아버지가 건강해졌으면 좋겠어.』

『솔직해지고 싶어.』

그 두 가지를 해결할 수단이 좀처럼 떠오르지 않는다.

병을 치료하는 건 당연히 불가능하다. 나는 의사가 아니고, 기적의 힘을 발휘하는 신도 아니다.

그러나 리이가 그걸 원하는 게 아니라는 것도 안다.

아마 '할아버지가 웃었으면 좋겠다'가 본심이겠지.

하지만 현재 할아버지와 손녀의 관계는 험악한 모양이다. 리이의 말로는 매일 같이 싸우고 병실을 뛰쳐나온다고 한다.

그렇다면 두 사람의 관계가 양호해지면 되는 걸까?

그러면 리이의 할아버지도 웃게 될 테고, 리이도 솔직해지기 쉬울 것이다.

……정리하면 의외로 문제는 단순하다.

단, 역시 '뭘' 해야 하는지는 떠오르지 않는다.

그러고 보니 지난번에도 그랬지……. 유즈키와 약혼을 취소할 방법이 떠오르지 않아서 메리 씨에게 지혜를 빌렸다.

지금은 그녀에게 협력을 구할 수 없다. 왜냐하면 아직 휴학 상태로 행방불명…… 아, 아니지. 일단 치리 이모의 메이드 카페에서 일하는 모양이지만, 내가 놀러 갈 때마다 모습이 보이지 않아서 만나지는 못했다.

뭐, 부탁할 마음도 없지만.

아무튼 나카야마 코타로는 아무래도 '창조성'이라는 부분이 부족한 모양이다.

혼자서는 완벽해지지 못하는 존재인 거겠지.

그런 자각이 없었던 과거에는 혼자서 어떻게든 하려다가 실패만 거듭했다.

하지만 지금은 고민하지 않는다.

순순히 다른 사람에게 의지할 수 있게 되었을 정도로는 성장했다.

"쿠루리와 할아버지가 친해질 작전을 모르겠다고? 그런

거라면 다 함께 생각하면 돼!"

시호에게 부탁하자 바로 해결책을 제시했다.

그리하여.

"지금부터 '쿠루리와 할아버지의 하하호호 작전 회의'를 시작합니다!"

주말, 우리 집 거실에 사람이 모였다.

현재 접이식 둥근 테이블을 중앙에 놓고 원탁회의처럼 다들 마주 보고 있다. 이걸 하고 싶어서 일부러 소파를 구석으로 밀었단 말이지……. 시호는 분위기를 중시하니 어쩔 수 없다.

일단 평소에는 청소하기 힘든 소파 밑을 청소할 수 있었으니 잘 된 걸로 치자.

"쓸데없는 참견이야. 부탁한 적 없어."

참가자로는 당연히 당사자인 쿠루미자와 쿠루리…… 리이가 있다.

추가로 나와 시호도 당연히 있으며…… 어째서인지 그녀도 이 자리에 있었다.

"쿠루리 언니를 위해 아즈사도 열심히 노력하겠습니다!"

아즈사가 시호에 이어 손을 번쩍 들었다. 이쪽도 상당히 의욕적이었다.

"그러니까 부탁한 적 없다고 했잖아?"

"어라? 그리고 보면 아즈냥, 왜 쿠루리를 '언니'라고 부르는 거야? 내가 아즈냥의 언니인데?"

"시모츠키는 아즈사보다 아래니까 언니가 될 수 없습니다."

"우후후, 귀여운 소릴 하네. 약한 강아지일수록 잘 짖는다던데."

"……무시하지 말고."

리이를 사이에 두고 시호와 아즈사가 서로를 향해 으르렁거리고 있다.

서로 상대를 깔본다는 알 수 없는 관계성에 리이는 기가 막힌 모양이었다.

"좀. 싸우지 마."

""넵!""

둘 다 리이 말은 잘 듣는단 말이지.

"자 그럼, 어떻게 된 일인지…… 설명해, 나카야마."

상황이 수습되자 그녀가 나에게 화살을 돌렸다.

"애초에 너, 입이 가벼운 거 아니야? 이런 건 비밀로 하라고."

"그건, 그…… 시호에게는 거짓말을 못 해서…… 미안해."

리이가 불쾌해해도 어쩔 수 없다.

개인적인 사정을 허락 없이 말했으니……. 물론 사과는 했지만, 그게 오히려 리이에게는 못마땅한 모양이었다.

"따, 딱히 화난 건 아니야. 그러니까 그런 표정 짓지 마.

풀 죽지 마…… 위로하고 싶어지잖아."

꽹장히 당황하고 있다. 그걸 보며 아즈사와 시호가 히죽 히죽 웃었다.

"아, 저기 봐 시모츠키! 쿠루리 언니가 츤데레다!"

"그러게! 역시 귀여워……. 츤데레는 좋은 문명이야."

"……아까까지 싸웠으면서 왜 갑자기 친해진 거야."

표정이 일변해서 이번에는 부끄러움에 빨개지는 리이.

그녀는 이 자리가 꽹장히 어색한 것처럼 보였다. 평소 자신을 지키던 얇은 얼음벽이 따뜻함에 녹아서 사라졌다.

그 덕분인지 리이는 평소보다 솔직해지기 쉬운 상태인 건지도 모른다.

"뭐, 그래…… 음. 일단 날 걱정한 건 알아. 그 마음은, 기쁘니까."

솔직한 감정이 입 밖으로 나왔다. 의외로 우리 앞에서는 이렇게 부드러워지는데 말이지……. 이 분위기가 그녀의 할아버지 앞에서 나올 수 있다면 괜찮을 것 같지만.

"쿠루리, 나에게 맡겨. 엄마가 그랬어…… '시이는 하면 되는 아이야'라고!"

"맞아! 고양이에게 생선을 맡긴다고 생각하고 아즈사와 시모츠키에게 맡겨줘!"

"……그건 고양이가 생선을 먹을까 불안하다는 뜻인데."

"아하하."

상당히 진지한 문제에 직면하고 있다고는 생각한다.

하지만 시호와 아즈사 덕분에 긴장감이 많이 풀어져서 웃어버렸다.

좋은 분위기다. 리이의 표정도 부드러워 보인다.

"그래서 쿠루리의 할아버지를 폭소하게 만들면 되는 거지? 만담이라도 할까……. 쇼트 콩트 '엄마 성대모사'로 아빠를 폭소하게 만든 적이라면 있는데."

"만담인지 콩트인지 성대모사인지 모르겠는데…… 아니, 그런 걸 하고 싶은 게 아니야."

"아! 아즈사는 간지럽히기가 특이야. 옛날에 유즈키 언니에게 장난으로 했더니 과호흡이 와서 큰일 났던 적이 있어!"

"…………코오타로."

시호와 아즈사가 너무나 엉뚱한 소리를 하기 때문이겠지. 리이가 웬일로 울상이 되었다.

마음은 이해한다. 두 사람과 대화하다 보면 어느새 구름 위 꽃밭에서 룰루랄라 산책하는 기분이 드니까 당황스럽다.

"크흠. 음, 나카야마? 어떻게 좀 해 봐."

"그래……. 시호, 아즈사. 잘 들어. 리이의 할아버지는 웃음이 부족한 것도 억지로 웃고 싶은 것도 아니야."

""…………???""

두 사람이 동시에 고개를 갸웃거렸다. 아니나 다를까 착각했던 모양이다.

"병에 걸려서 기운이 없으신 거야. 리이는 그걸 걱정하는
거지."

""그렇구나!""

이번에는 동시에 고개를 끄덕이는 두 사람. 또다시 호흡
이 척척이다.

"나도 얼마 전 독감에 걸려서 앓아누웠을 때 기운이 없
었어. 그거랑 같은 거구나."

"……뭐, 크게 분류하면 같은 건지도 모르지."

"아즈사도 시모츠키에게 푸딩을 빼앗겨서 슬펐었는데,
그것과 같은 거구나."

"……더 커다란 카테고리로 묶는다면 확실히 같겠네."

아니, 그건 아니지.

하지만 이 정도의 인식이 두 사람에게는 딱 좋은 건지도
모른다.

리이도 그렇게 판단한 건지 강하게 부정하진 않았기에
나도 따라갔다.

"시호는 몸이 아플 때 뭘 해주면 기운이 났어?"

"그야 당연히 코타로가 문병하러 왔을 때!"

"하지만 리이가 문병하러 가도 리이의 할아버지는 기운
이 부족하다고 해. 이 이상 뭘 하면 좋을까?"

"으음? 단것을 먹는 건 어때? 아무리 기분이 안 좋아도

디저트를 먹으면 웃음이 나오잖아?"

"……할아버지는 과자를 아주 싫어해."

"그, 그런 사람이 이 세상에 존재한다고?! 아즈사는 믿어지지 않아……. 그럼 용돈은? 돈이 있으면 전부 해결될 거야!"

"천진난만하게 사악한 소리 하지 말아줄래……. 게다가 할아버지는 대지주에다 사업도 경영하는 자산가니까 돈을 아무리 줘 봤자 반응 없어."

"용돈에 반응이 없다니 말도 안 돼……. 놀라워."

"오히려 너희의 가치관이 할아버지와 같다고 생각한다는 점에 나는 놀라움을 금치 못하겠다."

나름 아즈사도 시호도 진지하게 생각하고 있다.

확실히 조금 엇나간 대답이기도 하지만…… 의외로 핵심에서는 벗어나지 않는 느낌도 들었기에 나는 한층 아이디어를 재촉했다.

"다른 건 없어?"

"글쎄……. 힌트가 별로 없어. 저기, 쿠루리의 할아버지는 뭘 좋아하셔?"

"좋아하는 건 없어. 호불호로 무언가를 판단하는 사람이 아니니까."

"뭐? 그럼 장래의 꿈은?"

"할아버지는 78세거든…… 장래의 꿈이라니──."

거기까지 말한 순간 쿠루리는 흠칫 깨달은 듯 눈을 크게 떴다.

계속 탁하게 흐렸던 붉은색 눈동자에 희미한 빛이 깃들었다.

"그러고 보면…… 할아버지, 전에 이렇게 말했어. '쿠루리, 네 자식을 보는 걸 포기하고 있다만'이라고."

어쩌면 리이의 할아버지도 츤데레인 걸까.

만약 그런 거라면 저 말의 진의는…… 리이의 아이를 보고 싶다는, 그런 뜻이 되는 걸까.

"'너는 나를 닮아서 고집이 세니까. 받아줄 남자가 있을 리 없지…… 내가 찾아봐 줘도 괜찮겠냐?'란 말도 했고."

"……참고로 리이는 뭐라고 대답했어?"

"'쓸데없는 참견이거든 이 영감탱이야. 빨리 뒤지든가'라고 했지."

"우와."

츤이 너무 강해서 조금 무섭다.

리이와 할아버지 사이에 있는 골은 생각했던 것보다 더 깊은 건지도 모른다.

하지만 그런 거라면 해결의 실마리도 보인 셈이다.

"그렇구나. 하지만 당장 쿠루리 언니의 아이를 보여드릴 수는 없는 거잖아? 없으니까."

"흠흠. 그러면 쿠루리가 애인을 데려오면 되지 않을까?"

심플한 결론이다. 그리고 그렇기 때문에 역시 괜찮은 느낌이다.

시호도 아즈사도 순수하게 살아와서 사고방식이 일직선이다.

나나 리이처럼 꼬여있지 않다. 그래서 우리와는 각도가 다른 의견이 가끔 튀어나온다.

"애인…… 나쁘지 않은 의견이네. 하지만 아쉽게도 상대가 없어."

리이도 일리가 있다고 느낀 모양이다.

풀어졌던 마음을 옥죄듯이 팔짱을 꼈다.

"하지만 확실히 할아버지에게 파트너를 보여주면 기뻐할지도 몰라. 전부터 은근슬쩍 내 연애 사정을 떠보는 발언은 했었으니까."

"……이러니저러니 해도 리이를 생각하시는구나."

"그래. 아주 애지중지하기는 해……."

다만 서로 솔직하지 않아서 꼬인 모양이다.

그런 거라면 작은 계기로도 관계가 진전될 것 같다.

우리에게도 무언가 해줄 수 있는 일이 꼭 있을 것이다. 그 방법을 찾고 싶다.

"쿠루리는 좋아하는 사람 있어?"

"만약 있다면 빨리 고백해서 사귀지 그래? 쿠루리 언니는 예쁘니까 고백을 거절하는 남자는 없을 거야."

"……그렇게 말해주는 건 기쁘지만."

리이는 쓸쓸하게 웃었다.

"최근에 실연했거든. 그러니까 이젠 좋아하는 사람이 없어……. 응. 가능하면 이 문제는 건드리지 않았으면 좋겠어. 아직 상처가 덜 나았거든."

명확한 거절과는 조금 다르다.

평소 리이가 보이는 것 같은 가시 돋친 느낌은 아니다.

다만 건드리기만 해도 망가져 버릴 것처럼, 지금의 그녀는 사라질 듯한 표정이었다.

"""…………."""

무심코 침묵했다.

아즈사도, 시호도, 나조차 아무 말도 하지 못해서 입을 다물었다.

가볍게 꺼내도 되는 화제가 아니었던 건지도 모른다. 아즈사와 시호의 얼굴에도 미안해하는 감정이 묻어났다.

다만 그녀는 그걸 싫어했다.

"미안해. 그런 표정을 짓게 하고 싶었던 건 아니야……. 비난하는 것도 화난 것도 아니니까. 안심해, 나는 괜찮아. 시간만 있으면 극복할 수 있어……. 내 감정에 매듭을 짓고 싶어. 그러기 위해서도 나는 망할 영감이 죽기 전에 고맙다고 전하고 싶은 거야."

살짝 농담을 던지듯, 의도된 밝은 목소리로 말한다.

역시 그녀는 다정하다. 지금은 그 배려를 고맙게 받아들이자.

"그렇다면 리이의 할아버지에게 파트너를 소개하는 건 무리겠네."

리이에 이어 발언했다.

시호와 아즈사의 긴장이 풀릴 때까지 분위기를 수습하자.

리이도 내 의도를 알아차린 건지 기뻐하며 대화를 받아줬다.

"……아니. 그 아이디어는 솔직히 상당히 매력적이라고 느껴. 할아버지도 아무튼 인간이니까…… 젊을 때는 냉혈한에다 깐깐했다고 하지만, 나이를 먹은 뒤에는 많이 둥글어진 모양이야. 손녀인 내 미래를 걱정하는 걸 보면."

"하지만 파트너가 될 사람이 없으니 방도가 없는걸. 만약 데려간다고 해도…… 그건 거짓말이 되는 셈이니까."

"뭐, 이렇게 된 거 거짓말이라도 상관없어. ……적당히 괜찮은 남자에게 돈이라도 줘서 부탁할까? 그 왜, 렌탈 남친 있잖아."

"으음. 썩 긍정적으로 보진 못하겠지만."

둘이서 대화를 이어가고 있었더니 조금씩 분위기도 풀어졌다.

좋아, 이제 괜찮으려나?

"시호와 아즈사는 어떻게 생각해? 렌탈 남자친구가 잘

먹힐까?"

두 사람에게도 의견을 물어보았다.

그러자 느릿하긴 했지만 제대로 대답해 주었다.

"어…… 아즈사는 반대! 쿠루리 언니는 미인이니까 자기 가치를 낮게 보지 말았으면 좋겠어."

"가치를 낮게 보는 게 아니라, 사정이 있으니까 어쩔 수 없잖아?"

"나도 별로 내키지 않아. 잘 모르는 사람 상대는 좀 무서운걸."

"그래? 뭐, 으음…… 역시 포기하기에는 아까운데."

시호와 아즈사도 진지한 얼굴이다.

다만 리이는 아쉬워했다.

무언가 방법만 있다면 이 아이디어를 채용하고 싶다고 말하는 듯했다.

"너희를 배신하고 싶은 마음은 없지만…… 부모님에게 상대를 찾아달라고 할까? 사정을 설명하면 어느 정도 믿을 수 있는 상대를 소개해 줄 것 같아. 이 김에 적당히 맞선을 보는 것도 괜찮을지도."

……아마도 리이는 상당한 집안의 아가씨인 거려나.

할아버지도 자산가이니, 상대도 유즈키와 비슷한 자산가의 집안일지도 모른다. 그렇다면 부모님의 소개여도 괜찮을까.

"······꼭 하고 싶어?"

다만 시호는 여전히 불안해 보였다.

"그래. 미안해. 나와 할아버지는 시모츠키와 아즈사가 생각하는 것보다····· 싸우기만 하거든. 계기가 꼭 필요해."

다소 억지 수단이라도.

계기가······ 화해의 발판이 필요하다고, 그녀는 말한다.

리이의 의사는 확고해 보였다. 시호는 그걸 알아차리고 입술을 삐죽였다. ······다만 아직 걱정인 건지 포기하지 않은 모양이었다.

"쿠루리. 저기····· 너하고, 그리고 당사자의 마음에 달린 아이디어인데."

거기서 시호는 제안을 하나 했다.

아마도 이 아이디어는 그 자리에 있던 모두가 떠올렸을 것이며····· 하지만 시호 앞이기 때문에 절대 말할 수 없는 내용이었다.

그걸 설마 본인이 꺼낼 줄은 아무도 예상하지 못했을 것이다.

"코타로는 안 돼?"

······그렇다. 이 자리의 유일한 남자이자, 가장 안심할 수 있는 존재는 나다.

돈으로 고용할 필요도 없다. 리이를 위해서라면…… 널 돕고 싶다고 가장 먼저 나섰으니, 협력은 아끼지 않는다.

하지만 시호의 마음을 고려해서 이 아이디어는 바로 부정했다.

"……너는 괜찮아?"

리이가 물었다. 복잡해 보이는 표정으로 시호의 본심을 살피고 있다.

하지만 시호는 완강했다.

"당연히 괜찮지. 쿠루리가 괴로워하고 있으니까……. 코타로라면 널 도와줄 수 있어."

"아니, 하지만……!"

"──만약 사양하는 거라면 나를 우습게 보지 마."

나와 리이를 견제하듯이.

웬일로 시호가 우리에게 강한 시선을 보냈다.

"코타로를 세상에서 제일 믿어. 이제 편의점 여직원이 거스름돈을 주는 정도로는 질투 안 한다고."

"……시모츠키가 어쩐지 언니 같아졌어!"

"그래. 나도 제대로 성장하고 있다고. 아즈냥의 언니로서…… 코타로의 신부가 될 사람으로서도……. 그렇지?"

그리고 아즈사의 아부에 내심 뿌듯해하는 표정을 지고 있었다.

그렇구나. 시호도 역시 성장하고 있구나.

괜히 그녀를 걱정하고 배려해서…… 그런 일을 하는 게 오히려 시호에게는 실례였던 건지도 모른다.

오히려 시호의 마음에 보답하는 게 중요한 느낌이 들었다.

"시호, 고마워."

"멋진 여자지? 반했어?"

"그야 뭐, 한참 전부터 계속 반했지."

"……에헤헤~."

웃고 있다. 그 미소에 거짓은 없다.

시호는 진심으로 리이를 돕고 싶다고 생각하는 거겠지.

"나는 괜찮아. 리이를 도와줄 수 있다면 협력은 아끼지 않을게."

"…………으."

내 말에 리이는 입술을 꾹 깨물었다.

무언가 말을 억누르듯…… 아니, 감정을 씹어누르듯이.

"너희는 진짜…… 착하구나."

갈라진 목소리로 그렇게 속삭이고는.

웃으면서 이렇게 말해주었다.

"그럼 부탁해. 나카야마를 빌릴게."

……대체 그녀는 무슨 감정을 느낀 걸까?

어딘가 가면 같은 미소로 보여서 마음에 걸렸다. ……아니, 또 지나친 생각인지도 모른다.

숨겨진 뜻을 읽으려는 나쁜 습관이 자꾸 방해한다.

이제 그만 전개를 예상하고 괜한 불안을 느끼는 건 그만
두고 싶다.

제5화
타임 리미트

  그렇게 리이의 '가짜 애인'을 하게 되었는데.

  "놀라지 마. 할아버지는 진짜 성가신 인간이거든······. 괴팍하다는 말의 의인화 같은 사람이니까."

  작전 회의 후.

  리이와 함께 병원으로 향하며 그녀의 할아버지에 대한 다양한 정보를 배웠다. 바로 인사하러 가게 되었기 때문이다.

  가능하다면 나를 받아들여 준다면 좋겠지만····· 리이의 이야기를 듣는 한 조금 어려울 것 같은 느낌도 든다.

  "쿠루미자와 잇테츠. 젊을 때는 교사로 각지의 학교를 전전했었다고 해. 엄하면서도 정확한 교육은 우수한 학생을 많이 배출했다고 하고······. 그 실력을 발휘하던 시절보다는 많이 얌전해졌지만 지금도 넘치도록 엄격한 사람이야."

  "뭐, 엄하기만 한 거라면 익숙하니까 문제없지만······."

  내 어머니도 그런 계통이었다.

  그녀의 할아버지——잇테츠 씨에게 겁을 먹는 일은 없을 것이다.

  뭐, 가장 큰 걱정거리는 그 점이 아니다.

  "각오해. 할아버지는 나를 끔찍하게 예뻐하거든······. 그 파트너에게 엄하게 대하지 않을 리가 없어. 하물며 어디서 굴러먹다 온 건지도 모르는 너라면 더욱."

그렇다. 내 어머니와 다르게 잇테츠 씨에게서는 '마음'이 느껴진다.

좋게도 나쁘게도 이론으로 따지는 어머니는 올바른 일이라면 받아들인다.

하지만 잇테츠 씨는 아닐 것이다.

"처음부터 친해지지 못한다는 건 확정이야. 어쩌면 너에게 가혹한 말을 퍼부을지도 몰라……. 정말 괜찮아? 나카야마가 상처받는 건 좀 싫은데."

리이는 그 점을 걱정했다.

자기 일만으로도 고생인데 나까지 염려하고 있다.

이렇게 다정한 너를 위해서라면 폭언 정도는 아무렇지도 않다.

"괜찮아. 악담에는 의외로 강하거든. 오히려 칭찬을 들으면 익숙하지 않으니까 당황할지도."

"그래?"

"응. 너와 마찬가지로."

"따…… 딱히 칭찬을 어려워하는 건 아니거든."

여느 때와 같은 모습으로 내 말을 부정하는 리이.

츤데레니까 그 말을 반대로 해석하면 된다는 건 잘 알고 있다.

그 후 잠시 걸었다.

병원에 도착해서 면회 절차를 밟고 병실을 향해 걸어갔다.

8층. 엘리베이터에서 내리자 바로 앞에 쿠루미자와 잇테츠 씨의 병실이 있었다.

자, 슬슬 대면이다.

"……간다."

리이가 자세를 바로잡았다.

덩달아 나도 등을 곧게 펴자, 그녀가 병실 문을 세 번 노크했다.

"할아버지, 들어갈게."

대답은 기다리지 않는다.

리이는 미닫이식 문을 힘차게 열고 병실 안으로 들어갔다.

한편 나는 아직 안에 들어가지 않고 기다렸다. 그녀가 소개한 뒤에 인사하러 들어간다는 흐름을 리이와 미리 정해놓았기 때문이다.

따라서 입구에서 병실 안을 살폈다.

잇테츠 씨는 어떤 사람인지 궁금했기 때문이다.

그렇게 보인 건…… 수첩을 한 손에 들고 진지한 표정을 짓고 있는 근육질의 거한이었다.

뒤로 묶은 희끗희끗한 장발, 덥수룩한 수염…… 그리고 날카로운 안광.

마치 유랑 무사 같다. 환자로 보이지 않는 패기가 느껴진다.

"돌아가. 난 바쁘다."

"손녀가 와 줬는데 고마워하기나 해."

"부탁한 적 없다."

아, 하지만 역시 리이의 할아버지구나.

그녀도 자주 '부탁한 적 없어'라고 말한다. 판박이다.

"으이구, 뭐 하는 거야……. 아직 밥도 안 먹었잖아."

"유언장을 적고 있었지. 쓸데없이 돈이 많아서 나누는 게 귀찮구만……. 쿠루리, 너한테 전부 줘도 되겠냐?"

"헛소리하지 마. 친척들에게 원한을 사니까 오히려 나에게는 나눠주지 말라고 전부터 말했잖아? 귀찮다고."

"……됐어. 받아라. 슬슬 내가 죽겠다."

"필요 없어. 그리고 죽는단 소리 하지 마."

"못난 손녀 같으니. 할아버지에게 효도도 못 하냐!"

"돈을 그렇게 많이 받아서 뭐 해! 망할 영감, 작작 좀 해!"

……왜 저 타이밍에 싸우는 거지?

손녀를 위하는 할아버지. 돈과 상관없이 할아버지를 걱정하는 손녀. 이 두 사람은 아주 좋은 관계로 보이는데.

"돈은 필요 없다고? 그렇다면 땅을……."

"그런 이야기는 됐어! 하여간 할아버지…… 오늘은 소개하고 싶은 사람이 있거든."

이대로면 아무리 시간이 지나도 본론에 들어가지 못한다고 판단한 모양이었다.

리이가 억지로 화제를 틀었다.

"나카야마, 들어와."

"응……. 실례합니다."

리이가 불러서 병실에 발을 들여놓았다.

그제야 잇테츠 씨가 나에게 의식을 향했다.

"흠, 쿠루리가 남자를 데려오다니."

아마도 내 존재는 눈치채고 있었을 것이다. 놀라는 기색
은 없다.

다만 이쪽으로 시선을 향하지도 않았다.

마치 그럴 필요도 없다는 것처럼.

"안녕하세요, 나카야마 코타로라고 합니다."

"자기소개는 필요 없다. 나는 네게 관심이 없으니까. 애
송이는 이만 돌아가라."

"아 좀, 이 영감탱이가!"

마치 개라도 내쫓는 것처럼 손을 휘휘 젓는 잇테츠 씨를
보고 리이가 화를 냈다.

"나카야마에게 그런 태도 보이지 말라고……. 내 소중한
사람이니까."

분노 대문인 걸까. 사실은 더 순서대로 설명하면서 나를
소개하기로 계획을 세웠는데 그 과정을 전부 날려 먹었다.

"내…… 애, 애인이라고."

리이가 살짝 얼굴을 붉히면서 말했다. 그 표정은 마치

정말로 쑥스러워하는 것 같아서…… 의외로 상당한 연기파인 모양이다. 놀랍다.

이 정도면 잇테츠 씨도 거짓말이라고 생각하지 않겠지.

"——하이고. 애송아…… 난 말이다, 내가 제멋대로라는 걸 아주 잘 알고 있지. 요즘 시대에 손녀가 자기 소유물인 것처럼 구는 발언이 틀렸다는 인식도 있어……. 하지만 그럼에도 나는 네게 이렇게 말해주마."

하지만 태도에 진실미가 있다고 해서 잇테츠 씨가 기뻐하는 건 아니었다.

"네게 손녀는 못 준다!"

단언했다.

자기가 옳지 않다고 이해하고 있으면서도 딱 잘라 말했다.

"고리타분한 멘트지만 하나 더. 어디서 굴러먹던 놈인지도 모르는 꼬맹이에게 내 손녀를 맡길 순 없지. 멍청한 놈."

"……이, 이 영감탱이가!!"

그리고 리이가 격노했다. 분노는 눌러달라고 말했지만, 그녀는 내 일이 되면 시야가 좁아진단 말이지.

시호와 처음 만났을 때도 그랬다.

시호를 악녀라고 단정했을 정도니까……. 그리고 잇테츠 씨는 가족이라서 그런 것도 있는지 리이가 감정적으로 욱하는 게 빠르다.

"걱정했었잖아! 내가 장래에 제대로 결혼할 수 있을지

신경 썼잖아! 그럼 순순히 기뻐하란 말이야…… 일어나서 기쁨의 춤 정도는 추지 그래! 그 김에 건강해져서 퇴원하란 말이야!"

반면 잇테츠 씨는 냉정하긴 했지만, 태도는 완강했다.

"쿠루리. 아이가 하는 일을 전부 긍정하는 게 옳다는 보장은 없다. 물러터진 네 부모와 똑같이 생각하지 말거라. 나는 어떤 것이 네게 제일 좋을지를 생각한다고. 그래서 네가 잘못된 선택을 했다면 설령 원수가 된다고 해도 미움받는다고 해도 인정할 수 없는 건 인정 못 해."

"주, 죽다 살다 하는 망할 영감 주제에 잘난 체는……!"

"분하면 내가 죽을 때까지 기다리든가. 그때는 재산을 전부 넘겨줄 테니까 그 돈으로 애송이와 행복하게 살면 그만이지. 딱히 내 허락이 꼭 필요한 것도 아니잖냐."

"손녀의 마음을 제대로 이해하란 말이야…… 바보멍청이!"

"이해는 했지. 그래서 하는 말이다. 저런 애송이에게 손녀는 못 줘. 멍텅구리야."

대화가 평행선이다. 그리고 싸우는 수준이 낮아서 그런지 둘 다 유치한 말이 오갔다. 고등학생과 78세의 말다툼에서 나올 만한 욕설이 아니었다.

그게 웃겨서 나도 모르게 웃어버렸다.

"아하하."

"뭐야! 코오타로, 웃지 마. 너도 할아버지에게 한마디 해!"

"애송이, 상당히 여유로운 것 같은데? 제법 배짱이 있어. 어디, 잠시 '봐' 줄까."

그리고 잇테츠 씨가 나에게 시선을 옮겼다.

오늘 처음으로 이 사람의 의식 속에 내가 들어간 느낌이 든다.

리이와 비슷한 붉은 눈동자에 살짝 그늘이 졌다. 그게 마치 무언가 신비한 힘이 깃든 것처럼 느껴졌다.

모든 것을 꿰뚫어 보고 있는 듯한 눈이다.

"웃⋯⋯."

가벼운 마음이 순식간에 날아가며 몸이 긴장에 휩싸인다.

과거 메리 씨가 쳐다볼 때와 비슷한 소름을 떠올렸다.

"⋯⋯쓸데없이 오래 살다 보면 온갖 기능이 저하되는 걸 실감하지. 체력도, 청력도, 근력도, 지력도, 과거와 비교하면 천지 차이야. 하지만⋯⋯ 이상하게도 눈만은 멀쩡하더구나. 나이를 먹을수록 모든 게 '보이게' 되지."

그 이야기를 듣고 문득 시호의 '청각'을 떠올렸다.

선천적으로 발달한 예민한 청각은 다른 사람의 인간성마저 소리로 듣게 된다.

초감각. 혹은 '육감'이라고도 표현할 수 있는, 그녀의 특수 능력이다.

다만 잇테츠 씨의 눈은 타고난 게 아니다.

그렇다면 혹시 잇테츠 씨는⋯⋯ 축적해 온 경험으로 인해

후천적으로 특이한 '육감'을 손에 넣었다는 게 되는 걸까.

"——모조품이라."

툭 굴러 나온 한 마디에 몸이 굳었다.

모조품. 진짜와 비슷하게 만든 가짜……. 나를 보고 잇테츠 씨는 그렇게 평했다.

"어……?!"

철렁했다.

무언가 짚이는 게 있었던 건 아니다. 정곡을 찔린 것도 아닌데 왜 이렇게…… 양심의 가책을 느끼는 걸까?

나 자신조차 잘 알지 못하는 부분이 있다.

그걸 잇테츠 씨가 '본' 것 같은 느낌이 들었다.

"흠. 역시 안 되겠어…… 너무 잘 보여. 너 자신도 눈치 채지 못한 본질을 알아봤자 나한테는 상관없는 일이지."

예리하다. 그리고 역시 보통 사람이 아니다. ……리이 앞에서는 고집이 센 호호 할아버지로 보일 뿐, 다른 사람 앞에서는 노회한 천재다.

메리 씨와 같은 계통인 건지도 모른다.

"따라서 애송이와는 대화를 나눌 의미도 없다. 빨리 나가. 그리고 내 손녀를 아껴야 한다? 나는 널 절대 인정하지 않을 거지만 죽은 뒤에 불행해진 걸 보면 저세상에서 저주할 거야. 명심해."

"어…… 그게."

"뭐, 뭐야! 망할 영감, 작작 좀 해……. 나카야마에게 나쁜 말 하지 마."

내가 당황한 걸 눈치챈 모양이다.

리이가 걱정하며 다가와서는 등을 쓸어 주었다.

그걸 보고 잇테츠 씨가 의아하다는 듯 눈을 가늘게 떴다.

"그리고 조금 신경 쓰이는 부분인데…… 너희들 정말 애인이냐? 거리감이 남녀 사이가 아닌데. 마치…… 남매 같아."

남매.

또다시 간파당해서 나온 한 마디에 리이마저 말문이 막혔다.

"이…………?!"

"쿠루리, 그렇게 노려보지 마. 애인처럼 안 보인다는 것뿐이니까……. 앞으로 관계를 쌓아갈 거지? 젊은이에겐 시간이 많이 있지. 천천히, 하지만 착실하게 사이를 발전시켜라. 늙어서 앞날도 많지 않은 고집불통 할배의 망언이지만 의외로 배워야 할 부분도 많을 거야. 유념해 둬."

──쉽지 않은 사람이다.

첫 만남. 오늘은 인사만 할 뿐, 전부 해결할 마음은 없었다.

하지만 첫 단계부터 이렇게나 버벅거릴 줄은 생각지도 못해서 나도 리이도 의기소침해졌다.

"볼일 끝났냐? 그럼 돌아가……. 나는 유언장을 써야 하

119

니까."

그리고 잇테츠 씨는 우리에게서 시선을 뗐다.

병실에 왔을 때와 마찬가지로 다시 수첩으로 시선을 돌린다. 유언장을 쓴다고 했지만, 그 손에 펜은 없다. ……분명 무언가 다른 걸 하고 있는 거겠지.

노골적인 거짓말은 잇테츠 씨의 의사를 표명하고 있다.

이 이상 아무런 대화도 할 마음이 없다……. 그렇게 말하는 듯한 태도였다.

"알았어. 이제 다시는 안 올 거야, 망할 영감탱이!"

눈에는 눈, 이에는 이. 리이는 완전히 청개구리 가면에 지배당하고 말았다.

그대로 거칠게 다리를 움직이며 병실에서 나가버렸다.

처음 예정으로는 이렇게 싸우고 헤어질 생각이 없었는데……!

"저기, 죄송합니다. 실례합니다."

이렇게 된 이상 어쩔 수 없지.

잇테츠 씨에게 꾸벅 인사한 뒤 나도 발걸음을 돌렸다.

"……손녀를 잘 부탁한다."

병실에서 나온 직후.

희미하게 그런 말이 들린 것 같은 느낌이 들었지만……
돌아보기 전에 문이 닫히는 바람에 확인하지는 못했다.

◆

"됐어. 그런 망할 영감탱이는 빨리 뒤져버리라 그래!"

리이의 첫 마디는 이랬다.

면회를 마치고 병원에서 나왔다. 리이의 발걸음은 몹시 거칠다.

"코오타로에게도 막말을 해대고……. 진짜 성질나게."

"워워, 너무 화내지 마."

"싫어. 당연히 화내지! 코오타로, 괜찮아? 상처 안 받았어? 영감탱이가 한 말은 전부 잊어버려도 돼. 이제 이것도 그만둘래……. 네가 상처받을 바에야 영감탱이를 버릴 거야."

"리이, 진정해."

나를 위해 화내주는 건 알지만 그렇게까지 말하지 않아도 괜찮다.

"확실히 친절한 말은 아니었지만 별로 상처받진 않았어. 엄한 말을 듣는 건 익숙하고…… 그리고 새삼 리이의 할아버지라는 게 느껴지더라고."

판박이였다. 두 사람 모두 말속에 다정함이 숨어있다.

결국 잇테츠 씨는 손녀가 소중한 것뿐이다. ……그걸 알고 있으니까 무슨 말을 들어도 흐뭇하게 느껴졌을 정도다.

"사실은 '뒤져라'라고 생각하지 않으면서 고집부리지 마."

"······하지만!"

"잇테츠 씨도 리이가 와서 기뻐 보였어. 입은 거칠었지만 환영하시던 거 아니야? 더, 뭔가······ 기운이 없으신 줄로만 알았는데."

리이에게서 이야기를 듣는 한 잇테츠 씨의 용태는 그리 좋지 않을 터였다.

하지만 직접 본 느낌으로는 환자로 보이지 않을 정도였다.

"뭐, 응. 내 앞에서만 저렇게 태연한 척을 해. 간호사에게선 평소엔 계속 누워만 있다고 들었어."

"그렇구나······."

저 패기 넘치는 모습에서는 상상도 가지 않는다.

만약 불필요한 걱정은 끼치지 않으려고 의연하게 행동하는 거라면······ 역시 두 사람은 더 사이가 좋아지길 바란다.

외부인이기는 해도 무시할 수는 없었다.

"다음에 또 문병하러 가. 만약 필요하다면 나도 따라갈 테니까. 다시는 안 온다니, 그런 건······."

결과적으로 싸우고 헤어지다시피 했으니 그게 마음에 걸렸지만.

"아, 그건 신경 쓰지 마. 전에 설명했잖아? 항상 싸우고 병실을 뛰쳐나온다고······. 돌아갈 때는 대체로 그렇게 소리쳐 대니까 서로 익숙해."

아무래도 괜한 걱정이었던 모양이다.

두 사람에게는 두 사람의 커뮤니케이션이 있는 거겠지. 그렇다면 다행이다.

"아무튼 돌아갈까."

"그래……. 시모츠키와 아즈사도 기다릴 테고."

우선 병문안은 끝났다.

사실 이후 두 사람과 공원에서 만나기로 약속했기에 빠른 걸음으로 이동했다.

시각은 오후 2시. 오늘은 날씨가 좋아서 한겨울이지만 따뜻하다.

공기는 차갑지만 쾌적하다.

바람도 거의 불지 않아서 평화로운 휴일이다. ……산책하기 딱 좋구나.

그래서 그럴까. 공원에 있는 두 사람은 아주 기운이 넘쳤다.

"아즈냥…… 이상해. 이런 일은 있어선 안 된다고."

"별로 안 이상하거든. 왜 그렇게 놀라는 거야?!"

공원에 도착하자 철봉 앞에서 으르렁거리는 두 사람을 발견했다.

싸움…… 이라기보다는 한창 놀고 있는 모양이다. 두 사람은 나와 리이가 도착했다는 걸 눈치채지 못했다.

"왜 아즈냥은 거꾸로 오르기가 되는데 나는 못 하는 거야?"

"그건 즉 시모츠키가 아즈사보다 못났다는 거지!"

"그건 말도 안 돼. 나는 아즈냥보다 윗사람인데?"

"그게 말이 안 된다는 게 말이 안 되거든?! 시모츠키는 아즈사를 너무 우습게 봐."

"하지만 언니보다 뛰어난 동생은 존재해선 안 된다고."

"그런 건 평범한 거야! 나카야마 가에서도 아즈사가 오빠보다 더 뛰어난걸."

두 사람은 조금 떨어진 여기까지 들릴 만큼 큰 목소리로 아옹다옹하고 있다.

아즈사……. 나를 아래로 보고 있었구나.

아니, 대충 그런 느낌은 들었으니 놀랍진 않지만.

"코오타로……. 사람을 자기보다 위나 아래로 분류하는 건 잘못이라는 걸 제대로 가르쳐야지."

"미안. 귀여워서 계속 봐주다 보니……."

"하아……. 뭐 이렇게 순한 오빠가 있으니 당연히 동생이 기어오르지."

리이는 황당해했다.

……어라? 그러고 보면 어릴 적 리이와 같이 놀 때는 아직 아즈사와 가족이 되기 전이었는데?

하지만 리이는 나와 재회했을 때부터 아즈사와 남매라는 걸 알고 있었던 것 같았는데……. 아니, 내가 먼저 알려줬나?

우리의 관계는 제법 평범하지 않으므로 학교 안에서도

아는 사람은 얼마 없다.

처음 들으면 놀라도 이상하지 않으니까…… 아마 내가 언젠가 설명한 거겠지.

아니, 지금 그런 건 중요하지 않다.

우선 시호, 아즈사와 합류했으니, 의식을 현실로 돌렸다.

"우리 왔어."

말을 걸자 두 사람은 그제야 우리가 온 걸 알아차린 모양이다.

"앗, 오빠! 이거 봐, 아즈사 말이야…… 거꾸로 오르기를 할 수 있게 되었어!"

"으아아! 보면 안 돼!"

시호는 왜 보여주기 싫은 거지?

두 팔을 들고 내 시야를 가로막으려고 했지만, 그보다 일찍 아즈사가 철봉을 잡고 거꾸로 오르기를 선보였다.

사뿐하게 빙글 한 바퀴. 착지한 다음 아즈사는 '어떠냐!'라는 듯 가슴을 쫙 폈다.

"대단하네."

짝짝 박수를 보내자, 이번에는 기쁘다는 듯이 실실 웃었다.

"흐흥♪ 아즈사도 제대로 성장하고 있거든! ……아, 하지만 시모츠키는 못하더라! 즉 아즈사가 언니라는 거지? 앞으로는 시호냥이라고 부르면서 귀여워해 줄게."

"……굴욕적이야. 아즈냥에게 동생 취급을 받다니 용서할 수 없어. 거, 거꾸로 오르기 정도는…… 나도!"

……이 두 사람은 어쩌면 시리어스라는 단어를 모르는 건지도 모른다.

병문안 후기 같은 걸 바로 물어볼 줄 알았는데…… 설마 거꾸로 오르기를 자랑할 줄은 생각지도 못해서 나도 리이도 쓴웃음을 지었다.

"에잇…… 에잇!"

"아하하하하! 엉망이잖아, 시모츠키…… 아니, 시호냥!"

"크윽…… 분하다앗."

심지어 시호는 거꾸로 오르기를 하지 못하고 있었다.

폴짝폴짝 뛰어서 배를 철봉에 눌렀다가 떨어져서는 원통함의 눈물을 흘리고 있다.

"저기, 나카야마……. 둘 다 고등학생이지? 이 나이에 철봉과 진지하게 씨름할 수 있다니…… 이쯤 되면 재능이잖아."

"응, 아즈사와 시호는 대단하지."

정신 연령이 비슷해서 그런지 두 사람이 같은 공간에 있으면 시간이 역행한다.

둘 다 혼자 있을 때는 의외로 야무지게 행동하는데 신기하기도 하지.

"후우, 하도 웃어서 목마르다. 오빠, 음료수 사다 줘~."

"아, 나는 까만 거! 당연하지만 제로 칼로리는 아웃이야. 당분 팍팍 들어간 걸로!"

"아즈사는 투명한 거! 당연히 달달한 탄산으로!"

"……그럼 나는 커피. 당연히 블랙으로. 나카야마, 부탁할게."

리이마저……. 아니, 그러고 보면 어느새 호칭이 '코오타로'가 아니게 되었다. 어쩌면 그 호칭은 둘만 있을 때 한정인 건지도 모른다.

시호나 아즈사 앞에서는 '나카야마'가 되는 건가.

"알았어, 잠깐 기다려."

거절할 이유는 없었기에 세 사람을 위해 근처 자동판매기로 향했다. 각각 주문대로 음료를 산 뒤 돌아가자 세 사람은 벤치에 앉아서 쉬고 있었다.

"오늘은 날씨가 좋아. 따끈따끈하지만…… 역시 움직이지 않으면 추운 듯?"

"하지만 쿠루리 언니는 따뜻해!"

"좀, 붙지 마. 정말이지……. 뭐, 이 시기는 온천에 들어가고 싶더라. 휴일에라도 갈까."

"온천! 좋다…… 나도 가고 싶어."

"아즈사도 가고 싶어! 그리고 온천에서 탁구 하고 싶어!"

"……그러면 다음에 갈래? 쿠루미자와와 친분이 있는 집안이 하는 여관이니까 통째로 빌릴 수도 있어."

""가고 싶어!!""

두 사람 사이에 앉은 리이의 표정은 부드럽다.

시호와 아즈사 덕분에 힘이 빠진 모양이다.

"자, 여기."

"고마워." "왜 이리 늦었어, 오빠!" "코타로 너무 좋아!"

각양각색의 인사와 교환하며 음료를 건넸다.

벤치는 세 명으로 정원이 꽉 찼길래 나는 선 채로 차를 한 모금 마셨다.

"나카야마, 앉을래?"

"아니, 괜찮아. 신경 쓰지 마."

"오빠는 이럴 때 절대 양보 안 하더라."

"그러게. 배려받는 게 싫은가 봐. 어리광 부려줘."

역시 두 사람은 나를 잘 알고 있다.

리이는 조금 민망한 것 같았지만 내 마음도 이해하는지 더는 아무 말도 하지 않았다.

"아, 그러고 보면 병문안은 어땠어? 쿠루리네 할아버지, 코타로에게 푹 빠졌어? '이렇게 멋진 남자가 있다니 믿어지지 않는구나! 안심이야!'라고 말한 거 아니야?"

"그렇게 잘 풀렸다면 좋았을 테지만……."

"끄응. 안 됐구나……. 그럼 다음은 아즈사가 가줄까? 거꾸로 오르기도 할 줄 아니까 아마 괜찮을 거야!"

"그런 근거로 괜찮다고 생각할 수 있다는 걸 자랑스럽게 여기럼."

부드럽다. 여전히 긴장감이 없다.

뭐, 덕분에 리이의 분노도 사그라졌으니 마침 잘 됐지.

"코타로, 어땠어?"

"상당한 강적이었어."

그제야 병실에서 있었던 일을 두 사람에게 설명했다.

잇테츠 씨는 생각보다 기운이 있었다는 점.

말은 엄하지만, 손녀를 위한다는 점.

나를 인정하지 않았다는 점 등등.

전부 다 전달했지만, 아즈사와 시호는 썩 심각한 표정이 아니었다.

"이야기를 들어 보면 딱히 미움받은 건 아닌 것 같아. 그렇다면 문제없을 거야. 코타로라면 언젠가 신뢰받을 테니까."

"처음이었으니까 쿠루리 언니의 할아버지도 긴장했던 거 아니야? 몇 번 더 가다 보면 아마 괜찮아~."

낙관적인 생각이긴 하지만 무작정 부정할 정도로 엉뚱하지는 않다.

의외로 핵심에서 빗나가지도 않았기에 리이도 반응하기 난감해했다.

"그건, 으음. 그런 걸까……. 판단하기에는 시기상조라는 거야?"

"그래그래. 식이상조지."

"응응. 식이상조!"

시기상조가 무슨 뜻인지는 잘 모르나 보구나.

하지만 리이는 그걸 눈치채지 못했다.

"뭐, 확실히 고작 한 번 거절당한 걸로 포기하는 건 이르지. 계속 찾아가서 할아버지를 안심시켜주고 잘 구워삶으면 분명⋯⋯!"

두 사람의 말을 음미하듯 무언가 생각에 잠겼다.

"시모츠키. 나카야마를 조금 더 빌려도 돼? 매일 다니다 보면 어쩌면⋯⋯ 할아버지도 마음을 열어줄지도 몰라."

"어? 나는 괜찮아. 코타로가 문제없다면."

"나도 괜찮아. 오히려 협력하게 해줘."

"오빠, 화이팅~."

나와 리이 둘이서만 대화했다면 이렇게 긍정적으로 생각하지 못했다.

하지만 시호와 아즈사 덕분에 항상 마음이 밝았다.

"너희는 정말, 어쩔 수 없구나⋯⋯. 하지만 고마워."

리이도 어쩌면 구원을 느끼고 있을까.

우리가 사정을 알기 전까지는 항상 날이 서 있던 얼굴이 지금은 조금 안정된 것 같은 느낌이 든다.

"응! 할아버지가 건강해지시길!"

"그리고 쿠루리 언니에게 활기가 넘치길!"

두 사람의 순수한 소원에 리이는 부드럽게 웃었다.

"그래. 너희 덕분에 어쩌면 기적이 일어나서…… 할아버지도 건강해질지도 몰라."

비관적이지 않은 말은 틀림없이 시호와 아즈사의 영향이겠지.

이대로 잇테츠 씨가 회복해서 리이도 기운을 차릴지도 모른다.

근거는 없지만 그런 기대를 하고 말았다.

왜냐하면 이 결말은 너무도 아름다우니까.

아무도 불행해지지 않고 해피 엔딩으로 이야기가 끝나니까.

하지만…… 아쉽게도 현실은 역시 쉽지 않았다.

"──할아버지가 쓰러졌어."

주말이 끝나고.

방과 후, 리이와 병문안하러 가려던 타이밍에 그녀가 그렇게 말했다.

긴급 연락을 받은 리이는 한눈에 봐도 동요하고 있었다.

"안심해. 당장 목숨에 지장은 없어……. 병세가 조금 나빠져서 수술에 들어간대. 내일이면 의식도 회복된다나 봐."

"……다행이다. 그러면 내일에라도 병문안에──."

"아니. 그건 무리야. 할아버지가 면회 사절을 걸었다고 하니까."

"면회 사절이라니."

"허세 부리는 사람이니까……. 나에게 약해진 모습을 보여주기 싫은 거겠지. 정말, 진짜…… 망할 영감탱이."

공원에서 리이는 떨리는 목소리로 말했다.

울 것 같은 표정은 똑바로 바라볼 수 없을 만큼 안쓰러움을 숨기고 있었다.

"이제는 좀 건강해지란 말이야…… 씨이."

아무래도 우리가 생각했던 것보다…… 상황은 나쁜 모양이다.

병문안을 자주 가다 보면 어떻게든 될 거라고 느긋하게 생각했다.

하지만 그런 여유는 없는 걸까. 어쩌면 리이와 잇테츠 씨에게 남겨진 시간은 상상했던 것보다 더 짧은 건지도 모른다.

제6화
"아직 그때가 아니야."

만약을 위해 말해두는 거지만, 나는 아무 짓도 안 했다?

망할 영감의 용태가 나빠진 건 우연이다. 솔직히 조금 당황할 정도로는 예상치 못한 일이었다.

아무리 그래도 이렇게 잔인한 짓은 못 하지……. 나는 쾌락주의자이긴 해도 악당은 아니니까.

정말로——러브 코미디의 신은 비정하다.

훈훈한 에피소드로 흘러가려던 전개를 이렇게 강제로 뒤틀 줄은 몰랐다.

이런 급격한 궤도 수정은 고작 캐릭터에 불과한 나로서는 도저히 불가능하지.

설마 이런 방식으로 스토리에 시간제한을 만들다니.

코타로와 쿠루리는 여기서 선택을 강요받게 된다.

의도한 건 아니지만 그건 내가 원하던 전개이기도 했다.

……뭐, 됐어. 일어나버린 이상 어떻게 할 수 없는 법이니까.

우선 나는 그들의 이야기를 계속 읽을 수 있다면 됐다. 이런 긴장감이 스토리에 완급을 주는 건 사실이니까.

자 그럼, 코타로?

앞으로 어떻게 할래? 이대로는 망할 영감과 쿠루리가 화해하기 전에 모든 게 늦어버릴 가능성이 있다.

그 전에 이 문제를 해결하고 싶겠지.

엑스트라 캐릭터의 힘으로는 도저히 이룰 수 없는 구제다.

하지만 주인공이 된 너라면 할 수 있을 거야.

부디 발버둥 쳐줘. 그러면 모든 게 해결될 테니까.

그리고 쿠루리…… 슬슬 때가 됐지.

사양할 필요 없어. 너는 네 욕망을 따라 이 기회를 이용하는 거야.

자, 내 예상대로 되었지?

불우한 츤데레 히로인에게도 활로는 있어.

얼간이 메인 히로인은 지금 방심하고 있지. 이 기회를 틈타서 그를 빼앗으라고.

그러면 너는 분명 승리할 수 있어.

──내가 말한 대로 말이지.

이런 일이 일어날 줄은 몰랐다.

하지만 이런 이벤트가 일어나는 건 예상했다.

기회를 놓치지 말라고, 서브 히로인.

시대에 안 맞아서 그런지 패배가 늘어난 '츤데레'라는 속성을 짊어진 너라고 해도 이번에는 이길 수 있는 러브 코미디니까.

……굴욕적이었지?

혐오하는 '메리'의 힘을 빌린 건.

괜찮아, 그 마음은 이해하니까.

후회하지 않을 최고의 시나리오를 네게 맡겨 주었잖니?

자, 내 생각대로 움직여.

이대로 가면 시호에게 한 방 먹일 수 있어.

문화제 때 당한 굴욕은 아직 잊지 않았거든.

쿠루리에게도, 그리고 나에게도 지금 상황은 기회다.

부탁할게, 서브 히로인. 시호에게서 코타로를 빼앗아.

『고백받았지만 주인공의 배려에 안주하며 답을 미루는 수준 미달 히로인이 다른 서브 히로인에게 패배했습니다.』

최종적으로는 이런 내 취향의 스토리가 되는 것도 나쁘지 않지.

그리고 나는 이렇게 말하는 거야.

과거 메리에게 쓴잔을 마시게 한 메인 히로인에게 그 대사를 뱉는 거지.

쌤통이다…… 라고──.

◆

"시모츠키와 아즈사에게는 말하지 마. 두 사람에겐 알려지고 싶지 않아."

리이는 잇테츠 씨의 수술에 관해 입막음했다.

"그 애들은 계속 웃었으면 좋겠어……. 이 일을 무겁게 받아들이면 내가 면목 없으니까."

괜히 신경 쓰는 건 아니다.

하물며 과보호인 것도 아니다.

아무것도 모르는 게 리이는 대하기 편한 모양이다.

"……알았어."

나 생각엔 말해도 될 것 같은 느낌은 든다.

시호와 아즈사는 제대로 받아들여 주겠지.

다만 이 상황은…… 리이가 감정을 정리하지 못하고 있는 것처럼 보였기에 그녀의 지시를 따르기로 했다.

그래서 수술에 대한 건 숨기고, 아무튼 일주일 동안 면회를 하지 못하게 되었다는 것만 알렸다.

"끄으응. 그래…… 쿠루리의 할아버지도 마찬가지로 츤데레라는 거지?"

"솔직해지면 좋을 텐데~."

덕분에 두 사람의 분위기는 가볍다.

아무래도 '손녀가 남자친구를 데려와서 삐졌다'고 인식한 모양이었다.

잇테츠 씨가 그렇게까지 속이 좁은 사람은 아닌 거 같은데……. 다만, 그렇게 착각한 게 편할 테니 나는 그냥 웃어서 얼버무렸다.

"다음에 만날 때 오빠를 인정하게 만들면 되는 거지?"

"인정하게 만든다, 고 할까…… 뭘 해야 잇테츠 씨가 웃어주실까."

"우물우물. 으음, 글쎄…… 우물우물. 아, 이거 마시써♪"

"정말?! 어디…… 아, 진짜다! 달아~♪"

대화를 나누며 시호와 아즈사가 케이크를 먹는다.

오늘의 회의는 평소와 다르게 어떤 카페에서 하는 중이다.

리이가 소개한, 디저트가 유명한 가게다. 오늘은 케이크 뷔페를 개최하는 날이라 아즈사와 시호는 조금 전부터 계속 먹고 있다.

『단것을 먹으면서 하면 조금 더 즐겁게 대화할 수 있을 테니까.』

리이에겐 그런 의도가 있는 모양이다.

아니나 다를까 두 사람은 시종 행복해 보이니 작전 대성공이다.

"너희들 정말 잘 먹는구나……. 그렇게 맛있어?"

"당연하지! 자자, 쿠루리도 먹어봐."

"응, 쿠루리 언니! 아앙."

"머, 먹을 테니까…… 창피하다고, 진짜."

두 사람 덕분에 리이도 어딘가 즐거워 보인다.

잇테츠 씨의 수술을 들은 당일은 혼란스러워했지만……
하루가 지나 다소 침착해진 모양이었다.

"하아……. 할아버지는 왜 나카야마를 받아들여 주지 않았던 걸까. 손녀가 남자친구를 소개했는데. 보통은 더 기뻐하지 않아?"

"응? 하지만 아즈사는 할아버지의 마음도 이해해! 걱정하는 거 아닐까? '내 손녀를 행복하게 해줄 수 있겠냐!' 하고."

"즉 나카야마를 믿을 수 없다?"

"믿을 수 없다는 것과는 좀 다른데……. 으음, 이러니저러니 해도 소중한 사람이 인정한 사람이니까 믿기는 해. 하지만 당장 받아들이지는 못한다는 느낌?"

그렇게 말하며 아즈사는 시호를 보았다.

"뭐, 어차피 나중에 가면 받아들일 거야. 무슨 말을 해도 소용없으니까. 두 사람은 사이가 좋으니 포기할 수밖에 없었어."

"후웅? 즉 괜찮다는 거구나!"

"…………하아."

아즈사가 크게 한숨을 쉬었다. 게슴츠레하게 뜬 눈은 '시모츠키 얘기거든?'이라고 말하는 듯했다.

한편 시호는 평소처럼 태평했다.

"하지만 나는 수긍할 수 없어! 코타로를 인정하지 못하다니, 그런 건 말도 안 돼. 코타로보다 더 좋은 남자는 이 세상에 존재하지 않는걸. 할아버지는 너무 고집부리는 중이라고 보는데."

그리고 이쪽은 평소처럼 나를 과대평가하고 있었다.

겸손도 사양도 비굴한 것도 아니고, 순수한 사실로서 저건 과찬이다.

그런데 리이는 고개를 크게 끄덕였다.

"맞아. 이해해…… 이해해."

아, 그래. 너도 나에게 무르지.

"나카야마가 인정받지 못한다는 게 애초에 이상하다고. 할아버지는 사람을 보는 눈이 있기로 유명하지만…… 영 꽝이야."

"그러니까. 코타로는 이렇게 훌륭한 사람인데, 그걸 모른다니 이상하다고."

아니, 과언이라니까.

나쁜 기분은 아니지만 두 사람의 대화를 듣고 있으면 간지럽다.

"우와~. 오빠는 그 정도까진 아니지 않아?"

이 자리에서 유일하게 아즈사만 인식이 멀쩡했다.

나에게 맹목적인 시호와 리이와는 다르게 아즈사는 의외로 냉정하단 말이지.

하지만 관심이 없는 것도 아니다. 나를 제대로 가까운 존재로 여겨주고 있고……. 그렇게 보면 잇테츠 씨와 사고방식이 가장 가까운 건 아즈사인 건지도 모른다.

두 사람에게는 가족을 소중히 여긴다는 공통점이 있었다.

"'두 사람은 어차피 사이가 좋으니까 포기할 수밖에 없었다'……."

아즈사의 말을 곱씹었다.

이 한마디가 마음에 걸렸다.

"그리고 보면 잇테츠 씨는 우리를 보고 애인답지 않다고 했어."

나와 리이는 '남매'처럼 보인다고 지적했다.

그런 거리감도 이유가 되어 잇테츠 씨는 위화감을 느낀 걸까.

"그리고 보면 그런 말을 했지……. 하지만 애인답게 행동한다고 할아버지가 우리 사이를 인정할까?"

"……안 할 수가 없어. 왜냐하면 소중한 사람이 좋아하는 사람이니까. 인정하지 않고 버티면 소중한 사람이 상처받으니까 인정할 수밖에 없어……. 분하지만 인정하지 않으면 안 됐다고! 으으, 분하지만, 그 사람이 언니가 되는 거니까, 어쩔 수 없어!"

아즈사의 말에는 감정이 실려 있었다.

그래. 시호를 그런 식으로 보고 있었구나.

그 아즈사가 나를 위해 받아들여 준 거였어……. 이런 모습을 보면 의붓동생의 성장을 실감한다. 감동해서 어쩐지 눈물이 나올 것 같다.

"많이 컸구나."

"끄악?! 쓰, 쓰다듬지 마. 어린애 취급하지 마! 콱!"

충동적으로 머리를 쓰다듬었다가 힘껏 깨물렸지만, 뭐 됐다.

화제를 되돌리자.

"달리 좋아 보이는 아이디어도 없으니까……. 다음 주에 병실에 갈 때는 '애인답게'를 의식해도 되지 않을까?"

지금은 할 수 있는 일이 얼마 없다. 일단 시도하는 것도 괜찮을 것 같다.

하지만 리이는 어쩐지 불안해 보였다.

"애인답게 할 수 있을까."

……그건 나도 자신 없다.

어떻게 해야 애인다워지는지도 모른다.

경험이 없으니까. 시호와도 아직 사귀는 건 아니었고…….

그렇게 생각하니 나도 불안해졌다.

"흠흠. 그렇구나, 알았어!"

그때 시호가 총괄하듯 고개를 크게 끄덕였다.

그녀는 어쩐지 득의양양한 얼굴로 이렇게 말했다.

"애인다워지고 싶은 거라면 애인다운 걸 하면 돼!"

여전히 단순하고 솔직한 발상.

이 단순한 대답이 자칫 헤매는 우리에게 이정표가 되어 준다.

"즉…… 온천여행을 가면 돼!"

다만 이번에는 시호답지만 시호답지 않은 발상이었다.

"물론 단둘이."

""단둘이?!""

그 제안에 나와 리이는 놀랄 수밖에 없었다.

◆

역시 리이는 상당한 집안의 아가씨였다. 타고 온 리무진을 보면 모를 수가 없다.

"무조건 좋기만 한 건 아니야. 금전적으로 부족한 일은 없지만, 그만큼 제약이 많아서 답답한 생활이 되거든. 무엇보다 무수한 질투나 친척들의 추잡한 관계를 보고 있으면 진저리가 날 지경이지."

차 안에서 그녀가 촉감 좋은 가죽 시트를 한숨과 함께 쓰다듬으면서 말했다.

하지만 그녀의 표정은 그다지 심각하지 않았다.

"부잣집에 태어나서 행복하다고 생각한 적은 한 번도 없었어. 하지만 이번만은 예외야. 온천여관 대절이라니, 그야말로 부자의 특권이잖아?"

생글생글 웃으며 이번에는 그녀의 허벅지를 베고 잠든 두 사람의 머리를 쓰다듬는 리이.

그 손길은 조금 전보다 더 부드러웠다.

"이렇게 너희와 함께 여행을 갈 수 있다는 게…… 정말 기뻐."

주말. 우리는 휴일을 이용해서 온천여관으로 일박이일 여행을 떠나는 중이었다.

리이의 아는 사람이 경영하는 여관이라고 한다.

산속 깊은 곳에 있는 장소라서 접근하기 쉬운 장소도 아니다.

하지만 그렇기에 사람이 많지 않아서 그녀는 차분하게 쉴 수 있는 장소로 이따금 이용한다는 모양이다.

"나는 별로 좋아하지 않는 표현이지만, 거긴 '우리 같은 사람'이 즐겨 찾는 고급 여관이야. 이런 말이 좀 재수 없게 들릴 수도 있지만 참아줘……. 그만큼 시설은 좋으니까."

"오히려 그런 장소를 가 볼 수 있다니, 기대되는데. 그리고 나는 크게 신경 쓰지 않아."

"그래? 그렇다면 다행이고. 나는 부자들의 무의식적인 시혜적 시선을 싫어하거든."

"너무 의식하는 거 아닐까? 시호나 아즈사도 기대하는 눈치였잖아."

두 사람의 이름을 불렀다. 그러자 리이는 다시 허벅지로 시선을 내려 새근새근 잠든 두 사람을 보고 살며시 웃었다.

"응. 아주 잔뜩 신나 했지."

"너무 들떴다가 지쳐서 잠들 정도로 이 여행을 기대했던 모양이야.”

“……역시 두 사람도 같이 데려오길 잘했어.”

그 말에 나도 고개를 끄덕였다.

이번 여행은 일단 '나와 리이가 더 애인다워지기 위해'라는 명목이 있다. 처음엔…… 아니, 시호는 단둘이 가는 게 좋다고 말했다.

하지만 그걸 리이가 거절해서 결국 시호와 아즈사도 참가하게 되었다.

『둘만 가는 거면 안 가. 할아버지와도 화해하지 않아도 돼. 나는 딱히…… 너희를 배신하고 싶은 게 아니야.』

리이의 말을 떠올렸다.

그녀는 완강했다. 잇테츠 씨 일로 정신적으로 힘들 텐데도 우리에 대해 제대로 생각해주고 있었다.

나도 단둘이 가는 건 어딘가 위화감이 있었기에 그리 내키지 않았다. 아마 시호와 아즈사가 따라오지 않는다는 선택을 했다면 이 여행이 중지되었을 것이다.

그렇게 생각하면 두 사람이 있어서 진심으로 다행이다.

“정말…… 고작 리무진에 탔다고 두 시간이나 흥분해서 떠들다니, 참 대단해.”

“뭐, 다들 처음 하는 경험일 테니까.”

“오히려 너는 왜 이렇게 덤덤한 거야? 나도 일단은 서프라이즈로 놀라게 해주려고 굳이 본가에서 불러낸 건데.”

굳이 리무진을 타고 여관으로 가는 이유가 이거였다.

그러나 검은색 고급 승용차의 등장에 흥분한 아즈사나 시호와 다르게, 나는 일전에 메리 씨의 건으로 타본 적이 있어서 그런지, 그렇게까지 신선하지는 않았다.

"내 몫까지 두 사람이 놀랐으니까, 난 괜찮아."

"……그건 그래. 정말 귀엽다니까."

넓은 차 안은 두 사람이 옆으로 누워도 충분한 공간이 있었다.

그 중앙에서 허벅지를 빌려주고 있는 리이는 부드러운 손길로 아즈사와 시호의 뺨을 쿡쿡 찔렀다.

"스……."

"으응……."

그래도 두 사람은 일어나지 않는다. 완전히 안심한 새끼 고양이처럼 푹 자고 있다.

한바탕 리무진을 즐긴 뒤, 놀다 지쳐서 잠들다니…….
이렇게 보면 완전히 어린 애다. 이상하네, 동갑인데.

"너무 무방비하다니까. 조금 더 경계하란 말이야. 그렇지 않으면 나쁜 여자에게 빼앗긴다?"

두 사람…… 아니, 굳이 따지라면 시호의 뺨을 중점적으로 건드리고 있다.

"자기가 좋아하는 사람을 다른 이성과 단둘이 있게 하다니…… 그런 말 하면 안 돼."

……그 말은 나도 마음에 걸렸다.

『온천여행을 통해 두 사람이 더 가까워져서 애인다워지면 돼.』

그 순수한 마음은 시호답다고도 할 수 있다. 하지만 그렇게 질투하던 시호가 그런 말을 할 줄은 생각지도 못했다.

……아니, 애초에 내가 리이의 '가짜 애인'을 하는 것도, 그녀가 허락했다는 게 믿기지 않는 이야기다.

왜냐하면 시호는 마음이 좁으니까. 물론 좋은 의미로.

의외로 응석받이고, 독점욕도 강하다.

어른의 여유 같은 건 갖추고 있지 않다.

'무슨 심경 변화지?'

지금 시호는 나를 어떻게 생각하는 걸까?

소중히 여긴다는 건 안다. 하지만 그 감정은 정말 미래로 향하고 있을까.

그 점도 궁금하다.

'으음……. 하지만 이것도 물어보는 순간 시호를 재촉하는 게 되는 건가?'

아직 망설임이 남아서 나도 좀처럼 파고들지 못하고 있다.

……아니, 진정하자.

지금은 눈앞에 닥친 일에 집중해야지.

아무튼 먼저 리이와 잇테츠 씨 일을 해결한 뒤에.

괜한 생각은 하지 말자.

그렇게 되뇌며…… 나는 푹 잠든 그녀에게서 시선을 돌렸다.

◆

　자동차로 네 시간. 통행인이 거의 없는 깊은 산속에 그 온천여관이 있었다.

　깨끗하게 정비된 주차장에 리무진이 정차. 차에서 내리자 정취가 느껴지는 예스러운 건축물이 보였다.

　한눈에 봐도 역사가 오래된 분위기가 느껴진다.

　현관에 설치된 목제 간판에는 '풍양(豐穰)'이라고 적혀있었다. 아마도 여관의 이름이겠지.

　"풍……?"

　"예……?"

　시호와 아즈사가 간판을 올려다보며 멍하니 입을 벌리고 있다.

　두 시간 정도 리무진에서 낮잠을 잔 뒤라서 그런지…… 그 표정은 어딘가 몽롱했다.

　뭐, 한자를 못 읽는 건 잠에서 덜 깬 게 원인은 아닐 테지만.

　"'풍양'이야. 농작물이 풍성하게 여물었다고."

　"'흐응.'"

"……너네 외울 마음 없지?"

여전히 공부는 싫은 모양이다.

단어의 의미 같은 건 이미 잊어버렸다는 듯 두 사람은 주위를 두리번두리번 둘러보고 있다.

"뭐랄까, 그…… 전통적이네!"

"응. 아주 전통적이야!"

시호와 아즈사가 여관을 바라보고 내놓은 첫 감상이었다.

무슨 말을 하고 싶은 건지는 이해한다. 여관으로 이어지는 길이 닦여있긴 하지만, 한 걸음만 길 밖으로 나가면 자갈이 깔려있다. 밤에는 불이 들어올 외등도 석조등이고, 조금 앞에는 정원 같은 게 보인다. 다리가 놓인 작은 연못이며 가지런히 정돈된 소나무 등 전통 일본풍이라는 인상이 강했다.

"오래전부터 있던 여관이거든. 풍류와 운치가 느껴지지?"

"응응. '풍유'가 넘쳐 나!"

"맞아. '움치'로 가득해!"

"……나카야마, 애들의 어휘력이 심각해. 제대로 가르쳤어야지."

"죄송합니다."

어째서인지 내가 혼났다.

"들어가자."

리이를 선두로 여관에 들어갔다.

문을 열자, 이미 여러 명의 종업원이 기다리고 있었다. 허리를 깊이 숙이고 우리를 마중하고 있다.

　역시 자산가들이 즐겨 다니는 고급 여관이라는 걸까. 종업원들의 태도가 황송할 정도로 정중했다.

　"쿠루리 아가씨, 잘 오셨습니다. 기다리고 있었습니다."

　종업원을 대표하듯 기모노를 입은 노령의 여성이 말을 건넸다.

　이 여관의 지배인인 거겠지.

　"자, 안으로 들어오시지요. 방을 안내해드리겠습니다. ……아, 짐은 저희에게 맡겨주십시오. 빈손으로 가시면 됩니다."

　"네, 부탁드립니다."

　들고 있던 짐을 맡기고 실내로 들어갔다.

　"시, 실례합니다."

　"합니다……!"

　모르는 사람이 있어서 갑자기 낯가림을 발동한 두 사람은 조금 전보다 얌전해진 상태였다. 내 뒤에 숨듯이 몸을 웅크리고 있다.

　그런 두 사람을 종업원 모두가 흐뭇하다는 듯 보고 있었다.

　"따라와."

　시키는 대로 리이의 뒤를 걸어갔다. 안은 신발 금지였기 때문에 여관에서 마련해준 슬리퍼를 신은 뒤 앞서 걷는 리이를 따라갔다.

"흐어~."

"괴, 굉장해라……."

아즈사와 시호는 또다시 주위를 두리번거리고 있다. 딱 봐도 비싸 보이는 그림이며 도자기를 보고는 눈을 빛내고 있다.

서민적인 생활을 하는 우리와는 거리가 먼 물건들이니 무리도 아니었다.

나중에 천천히 견학하게 해달라고 할 수 없을지 생각하고 있었더니, 선두에서 지배인과 리이의 대화가 들렸다.

"통째로 빌려서 미안해."

"아, 그것 말씀인데…… 잠시 괜찮으십니까? 실은 본가에서 한 팀이 꼭 이용하고 싶다고 부탁을 받았는데요――."

"그래? 뭐 상관없는데…… 흐음, 본가에서? 당신들도 거절하지 못했지?"

"네. 신세 지고 있는 쿠루미자와 님의 의향도 반영하고 싶었지만……."

"어쩔 수 없지. 다만 별로 마주치고 싶진 않으니까 그 부분은 신경 좀 써주면 좋겠어."

"물론입니다."

아하……. 우리 이외에 다른 손님이 더 있는 모양이다.

이렇게 훌륭한 시설을 우리만 쓰는 건 과한 사치다. 부지가 넓으니까 서로 마주칠 일도 별로 없겠지.

그 부분은 그리 신경 쓰이진 않았다.

"이쪽입니다. 자유롭게 이용해 주십시오."

안내받은 곳은 타타미가 깔린 전통식 방이었다. 화려하다기보다는 차분한 방이라서 무척 아늑해 보였다.

내부는 넓고 쾌적했다. 바닥에 놓인 좌식 의자와 키가 작은 탁자 등 특징적인 물건은 없었다. 얼핏 보면 흔한 여관과 다를 게 없어 보였다.

하지만 비품 하나하나가 상당히 고급스러웠다. 문외한이 봐도 알 정도니, 몹시 비싼 물건들이겠지.

다만 처음에 생각했던 만큼 호화롭지 않은 점은 조금 의외였다.

"생각보다 소박하지?"

내 눈빛을 보고 무슨 생각인지 대충 알아차린 걸까.

리이가 친절하게 설명했다.

"도시 생활에 지친 부자는 너희가 상상하는 것보다 훨씬 많아. 여기는 TV조차 없잖아? 자연에 둘러싸인 조용한 장소에서 번잡스러움을 잊고 평온하게 지내려는 의도인 거지."

화려한 생활을 하기에 느끼는 고통이 있는 걸까.

"그렇구나. 리이도 자주 와?"

"최근에는 잘 안 다녔지만, 초등학생 때는 몇 번 놀러 왔어. 부모님은 둘이 자주 오시는 모양이지만. 단골이면서 동시에 관리 비용의 일부도 원조하고 있대. 그래서 내 요구를 받아들여 주는 거지."

"아하."

"뭐, 그래서 딱 봐도 '부자!' 같은 숙박 시설은 아니지만 그 점은 용서해줘."

아니. 오히려 나는 이런 차분한 분위기가 더 좋다.

그리고 시호와 아즈사는 이미 사소한 건 전혀 신경 쓰지 않고 있었다.

"와! 안에도 방이 있어…… 이, 이불이다! 시모츠키, 여기 이불이 있어! 게다가 이거 봐, 푹신푹신해!"

"어? 나는 잘 때 침대가 좋은…… 와, 엄청 푹신하다! 이 정도면 순식간에 잠들 것 같아."

지배인과 짐을 옮겨준 종업원이 사라진 뒤 두 사람은 낯가림을 잊고 신이 났다.

실내를 탐험하듯 돌아다니고 있다.

"거기는 침실이야. 아, 좀…… 아직 안 잘 거니까 이불 펼치지 마."

"조금만! 부탁할게, 쿠루리 언니."

"진짜 잠깐이니까! 베개와 이불의 촉감을 확인하고 싶은 것뿐이니까!"

"…………조, 조금만이다?"

리이가 두 사람을 막으려고 했지만 의외로 밀면 밀리는

그녀로는 막을 수 없었던 모양이다.

아직 대낮인데 이불이 펼쳐진다. 그 위로 아즈사와 시호가 널브러졌다.

"아, 이거 함정이다. 응, 못 일어날 것 같아⋯⋯."

"그러게⋯⋯. 으응, 어쩐지 졸려."

사람을 바보로 만들 만큼 고품질 소재인 걸까.

아니면 두 사람이 원래 바보인 걸까.

아마도 둘 다 원인이겠지. 두 사람은 완전히 취침 모드다.

"나카야마, 어떻게 좀 해 봐. 지금 자면 밤에 못 잔다고."

"응, 아마 괜찮아. 둘 다 바로 일어날걸."

현재 시각 오후 1시. 슬슬 그 시각이다.

"실례합니다, 오찬을 가져왔습니다."

마침 좋은 타이밍이었다.

장지문 너머에서 지배인의 목소리가 들린 것과 동시에.

""밥!""

두 사람이 이불 속에서 뛰쳐나왔다.

그녀들은 욕망에 충실하다. 따라서 밥 시각과 간식 시각이 되면 바로 일어나므로 걱정은 전혀 하지 않았다.

◆

──맛있는 밥을 먹은 뒤.

"나카야마 님, 당 여관에서는 여러 종류의 온천을 보유하고 있으며…… 대부분 남탕과 여탕으로 나뉘어 있지만, 노천온천만은 하나밖에 없기에 시간대에 따라 남탕과 여탕을 나누고 있습니다. 이용하실 때 주의하시기를 바랍니다."

"어, 그런가요?"

"옛날부터 있던 노천온천이래. 공사해서 남탕 여탕을 따로 만드는 것도 아까우니까 최대한 지금 상태를 유지하면서 이용하나 봐."

지배인에게서 여관에 대한 정보들을 배우던 도중 문득 위화감을 느꼈다. 어쩐지 갑자기 조용해졌기 때문이다.

신경 쓰여서 뒤를 돌아보자, 몇 분 전까지 재잘거리던 두 사람이 없었다.

"어라? 아즈사와 시호는……."

방을 둘러봐도 두 사람은 없다.

설마 하는 마음으로 고개를 들자, 안쪽 장지문이 살짝 열려 있었다.

저기는 이부자리가 깔린 침실이다.

자리에서 일어나 확인해 보니…… 역시 두 사람이 한 이불을 덮고 사이좋게 자고 있었다.

"어? 자는 거야? 차 안에서 내 허벅지를 베고 두 시간이나 잤는데?"

리이도 푹 잠든 두 사람을 보고 놀랐다.

뭐, 이건 어쩔 수 없지.

"평소 외출을 잘 안 하니까……. 아마 오랜만에 하는 여행에 피곤했던 거겠지."

자동차 이동으로 네 시간. 아무리 리무진이 쾌적하다고 해도 역시 피로는 쌓였을 것이다.

더불어 오늘은 아침부터 잔뜩 신이 나 있었으니…… 식욕도 채워진 지금은 졸음이 최고조에 달한 거겠지.

"어쩐지 어린아이 같아."

"응. 어린아이 같아…… 아니, 어린아이처럼 행동할 만큼 안심하는 거겠지. 혼자 있을 때는 의외로 의젓하니까."

"흐응……. 네 앞이라서 그런 건가?"

쿨쿨 잠자는 두 사람을…… 아니, 리이는 시호를 물끄러미 바라보며 작게 중얼거렸다.

"아즈사는 알겠어. 네 가족이니까 어리광을 부리는 것도 이해할 수 있지. 하지만 시모츠키는…… 좀 마음에 걸려."

"걸린다고?"

시호의 어떤 부분에 위화감을 느끼는 걸까.

리이의 눈에는 뭐가 보이는 걸까.

"……여기서 이야기하는 것도 좀 그러니까 나가자."

살며시 장지문을 닫고 방을 나섰다.

기다리고 있던 지배인에게 식사 뒷정리를 부탁한 뒤 잠시 걸어가자…… 벽이 유리창으로 되어서 정원이 보이는 방에 도착했다.

게다가 유리창 앞에 따뜻해 보이는 물이 흐르고 있다.

……이건 그거다.

"족욕용 욕탕이야. 온천에는 그 애들이 일어난 뒤에 들어가기로 하고, 여기서 잠시 이야기하자."

관리자 종업원에게 인사한 뒤 리이가 물에 발을 담갔다.

그 옆에 앉아 나도 발을 담그자…… 기분 좋은 온기에 몸에서 힘이 빠졌다.

나중에 시호와 아즈사도 데려와야겠다는 생각이 들 정도로 기분 좋다.

그래. 편안하게 대화하기에는 좋을지도 모른다.

"얼마 전부터 물어보고 싶은 게 있었어."

유리 너머로 보이는 일본정원을 바라보며 리이가 이야기를 시작했다.

실내의 난방은 그리 강하지 않은 탓인지 공기가 차갑다.

……다만 그만큼 발이 따뜻하게 느껴져서 딱 좋았다.

"물어보고 싶은 거?"

"너와 시모츠키의 관계에 대해."

……그렇구나.

역시 리이는 느끼고 있었던 모양이다.

나와 시호 사이에 있는 작은 벽에.

우리조차 제대로 말로 표현하지 못하는 위화감이 그녀

에게도 보였던 모양이다.

"시모츠키가 나쁜 애가 아니라는 건 알아. 누군가를 속일 수 있는 인간이 아니라는 것도. ……하지만 그렇다고 해서 지금 관계는 건전하지 않잖아. 너에게, 코오타로에게 마음을 열고 있는데 왜……."

왜 사귀지 않는 거야?

뒷말은 말로 하지 않아도 제대로 전해졌다.

"왜 내 '가짜 애인'이 되어도 싫어하지 않는 거야?"

"그건 내가 리이를 돕고 싶어 하는 걸 알아서——."

"아니, 너 말고. 시모츠키 말이야."

짙은 붉은색 눈동자는 아직도 이쪽을 향하지 않는다.

하지만 유리에 반사된 눈은 나를 똑바로 꿰뚫고 있었다.

"그렇게 네가 무의식중에 감싸니까 안 좋은 거 아니야? 너라면 전부 용서할 거라고…… 코오타로라면 분명 괜찮다고 방심한 걸로밖에 안 보여."

"방심이라……."

"그래. 예를 들어——."

거기서 불쑥 리이가 내 어깨를 잡았다.

얼굴을 확 들이밀고는 귓가에 입술을 가져갔다.

"내가 여기에서 널 유혹하면 어떻게 될지…… 전혀 모르는 것처럼."

속삭이는 듯한 목소리에 몸이 떨렸다.

말 그대로 방심이었다. ……나는 그녀를 전혀 경계하지 않았다.

"너도 그래. 둘 다 너무 무방비해. 내가 나쁜 마음을 먹으면 어떡하려고? 왜 코오타로와 시모츠키는 나를 그렇게 믿는 거야? 이해할 수 없어……. 위태로워서 내가 다 걱정이 될 정도야."

리이는 잇테츠 씨 일도 있으니 결코 여유로운 상태는 아닐 것이다.

그런데도 우리를 걱정하고 있다.

정말 그녀는 다정하다.

"너희가 애인이 되지 못하는 원인은 누구에게 있어? 코오타로 문제야? 시모츠키가 문제야? 대체 너희는 뭘 변명으로 삼고 있는 거야?"

나와 시호. 누가 사귀는 걸 거절하고 있는 건지.

무슨 이유로 애인이 되지 않은 건지.

"코오타로. 제발…… 너희가 진전하지 않으면 나도——정리하지 못한다고."

과연 무엇을 정리해야 한다는 걸까.

자세히 알고 싶다.

그녀가 왜 우리를 적극적으로 염려하는 건지도 알고 싶다.

그러기 위해서도 우선은 우리의 문제에 관해 이야기할 필요가 있었다.

여기서 제대로 리이에게 말할 수 있다면…… 우리의 관계도 개선될지도 모른다고, 기대했다.

아니——그건 안 되지.

마치 누군가가 그렇게 말하는 듯한 타이밍이었다.

"어라? 유즈, 여기 족욕탕이 있는 거 아니었어?"

"죄, 죄송합니다! 오랜만에 와서…… 으으으."

"자자, 진정해 키라리. 산책했다고 치면 딱 좋잖아."

"료마 씨는 역시 다정해요……. 그에 비하면 키라리 씨는 좀."

"야. 나도 딱히 비난한 건 아니거든? 유즈, 요즘 말하는 거 봐라?"

"두, 둘 다! 싸우지 말라고……."

처음에는 환청인 줄 알았다.

왜냐하면 설마…… 이렇게 지역도 다른 곳에서 '우연히' 만나다니, 말도 안 된다.

하지만 그 녀석의 목소리를 내가 잘못 들을 리가 없다.

"마주치지 않도록 배려해달라고 했는데…… 어? 코오타로? 왜 그래?"

그러고 보면 여관에 다른 팀이 하나 더 있다고 지배인이 말했었다.

리이는 그 말을 떠올린 모양이었다. 기가 막힌다는 듯 한숨을 쉬었지만 그렇다고 해도 내 반응이 이상하다는 걸 알아차린 모양이었다.

"그렇게 노골적으로 싫어하는 표정을 짓다니——별일 이네."

아, 나는 그런 표정을 짓고 있었나.

역시 저 녀석만은 특별한 거겠지.

"……류자키."

그 이름을 불렀다.

직후 그 녀석이 방으로 들어왔다.

"……! 왜 네가 있는 거야?"

나를 보고 첫마디부터 적의를 드러내는 류자키.

그러고는 옆에 있는 리이를 보고…… 그 녀석은 분노를 흘렸다.

"이건 무슨 상황이냐, 나카야마. 왜 너는 시호가 아닌 여자와 같이 있는 거지?"

고함치는 건 아니다.

조용한 목소리로 심문하는 듯한 태도가 류자키다웠다.

"하…… 왜 이럴 때 마주치는 건지."

지긋지긋해서 한숨이 나왔다.

그건 나답지 않은 공격적인 말이었다.

"어라? 왜 코 군이 있는 거야? 잠깐, 어떻게 된 건데?!"

"코타로 씨하고, 그리고……!"

류자키 뒤에서 빼꼼 고개를 내민 키라리와 유즈키도 드디어 상황을 파악한 모양이다. 갑자기 내가 등장해서 두 사람도 놀라고 있다.

……아니, 아니지. 키라리는 확실히 나를 보고 있었다.

하지만 유즈키의 시선은 내가 아니라 리이를 향하고 있었다.

"히익, 부, 불량아…… 쿠루리 씨예요. 어릴 때부터 불편했어요. 성격이 거칠어서……!"

"본가에서 온 손님이라는 게 너였구나…… 호죠. 나도 너 불편해. 얌전한 주제에 고집은 세고 제멋대로니까."

의외로 두 사람은 전부터 알던 사이였다.

쿠루미자와 쿠루리와 호죠 유즈키.

두 사람의 입장이 비슷하다고 생각했지만…… 그렇기 때문에 접점도 있었던 건가.

"풍양…… 그래. '호죠'라고 읽는구나."

지금 간신히 눈치챘다.

그러고 보면 얼마 전 치리 이모가 유즈키의 집안은 여관을 경영한다고 알려주었다.

이 여관은 유즈키의 집안이 관리하는 장소이며…… 단골이 '쿠루미자와'인 셈이다.

그렇기에 두 사람은 아는 사이인 거겠지. 의외로 세상은 좁구나.

"내 질문을 무시하지 마, 나카야마. 빨리 대답해. 이건 무슨 상황이야?"

변함없는 압력에 무심코 쓴웃음을 지었다.

내 의사 같은 건 상관없고 자기가 하는 말을 따르라는 듯한 태도가 너답다.

정말, 좋아할 수 없는 성격이다.

그렇게 생각하는 탓에 평소처럼 평온하게 대처하지 못했다.

"왜 굳이 네게 설명해야 하지? 너와는 상관없잖아?"

괜히 더 충돌한다는 걸 알면서도 감정을 억누를 수 없다.

류자키에게만은 아무래도 퉁명스러워진다.

"잠깐, 모처럼 여행 온 건데 싸우지 마."

"맞아요. 료마 씨도 코타로 씨도 진정하시고……!"

"진정 못 해. 이 녀석이…… 시호를 배신했을지도 모르잖아?"

분위기가 순식간에 험악해졌다. 중재하려고 하는 키라리와 유즈키도 난처해하고 있다.

그래도 류자키는 막지 못하는 모양이다.

"딱히 시호에게 미련이 있는 건 아니야. 이제 와서 뭘 생각하는 것도 아니고……. 하지만 그렇다고 해서 속고 있는 걸 뻔히 눈감아줄 수는 없어. 일단은 소꿉친구란 말이야…….

행복해질 바랄 권리 정도는 있잖아?"

응, 류자키다운 말이네.

그래서 껄끄럽단 말이지. 그렇게 자기 판단이 올바르다고 생각하는 점이.

내 사정도 모르는 주제에 잘도 그렇게 일방적으로 말할 수 있구나.

"배신한 적 없어."

"그럼 설명해 봐."

"…………."

안다. 길어진다고 해도 침착하게…… 차근차근 상황을 설명하는 게 낫다는 건.

그래도 역시 마음에 들지 않는다.

내가 잘못했다고 단정하는 게 짜증이 났다.

아무 말도 하고 싶지 않다. 하지만 류자키는 설명을 요구한다.

이대로는 평행선을 달릴 뿐, 분위기는 험악한 채로 바뀌지 않는다.

아마도 그걸 알아차린 거겠지.

"——작작 좀 해."

공기를 가르듯이.

리이의 싸늘한 목소리가 뜨거워진 나와 류자키에게 쏟아졌다.

"나카야마, 너답지 않아. 진정해."

"……미안해."

그 한마디에 흠칫 놀랐다.

내가 감정적으로 군다는 걸 이해하고 갑자기 부끄러워졌다.

"지금은 대화할 상황이 아니게 됐네. 하아……."

"잠깐, 그러니까 설명을——."

"닥쳐."

그리고 류자키를 대하는 태도는 두 배는 더 싸늘했다.

"이쪽에도 사정이 있어. 그걸 알지도 못하는 주제에 함부로 말해대다니 참 잘나신 분 나셨네. 자중하지 그래?"

"——윽."

그 류자키가 압도당하고 있다.

마치 물과 기름…… 두 사람은 절대 어우러지지 않는다.

"일단 말해둘게. 나카야마와 나 사이엔 아무것도 없어. 오히려 나는 시모츠키와 나카야마를 응원하는 중이야. 두 사람이 잘 되기를 진심으로 빌어. 이제 만족했어? 네 불안은 사라졌지?"

"그, 그건……."

"자세한 이야기를 듣고 싶다면 나중에 와. 나카야마가 진정한 뒤에. 그쪽이나 우리나 모처럼 여행 온 거니까. 게다가 너 눈 삐었어? 뒤에서 걱정하는 두 사람의 얼굴이 안 보여?"

리이의 재촉에 류자키는 그제야 키라리와 유즈키에게 의식을 돌렸다.

"……젠장. 저질렀네."

그러고는 자기 행동을 후회하듯 눈을 덮었다.

"키라리, 유즈키…… 미안해. 또 이상하게 굴었어."

이 점에선 류자키도 성장했다.

여전히 시야가 좁지만 제대로 주변을 둘러볼 수 있게 된 모양이다.

"아니, 괜찮아. 제대로 내가 보인다면 됐어."

"네! 코타로 씨 같은 건 신경 쓰지 마세요."

"그래…… 정말로 나는 못난 녀석이야. 미안해."

두 사람의 위로에 류자키는 작게 웃었다.

"잠깐? 나카야마 '같은 거'라니 잘도 그딴 소릴——."

"자자, 리이도 진정해. 유즈키는 항상 저런 느낌이거든."

내 일이 되면 정말 끓는점이 낮다니까.

조금 전까지 보이던 냉정한 태도와는 정반대라서 나도 어쩐지 힘이 빠졌다.

"우선 우리는 이만 가자."

"……네가 그렇게 말한다면. 알았어."

리이는 부루퉁하긴 했지만 나를 봐서 아무 말도 하지 않았다.

자리에서 일어나 젖은 발을 닦은 뒤 방에서 나갔다.

"나중에 보자."

스쳐 지나갈 때 류자키가 그렇게 말했지만 못 들은 척했다.

알아. 어차피 시간을 맞추지 않아도 너와는 막연히 마주치게 될 것 같은 느낌이 드니까. 그때 제대로 설명할게.

"하아…… 방해가 들어와서 대화하지 못했네."

리이의 말대로다.

중요한 이야기들을 하고 싶었는데…… 최악의 타이밍에 류자키가 등장했다.

그거 봐, 기회가 왔잖아.

쿠루리…… 온천여행이라니, 코타로를 빼앗을 절호의 기회라고.

그런데 왜 '단둘이' 가는 걸 거절한 거야?

츤데레라는 패배 요소가 강한 속성을 짊어지고 있는 주제에 상당히 여유로운 선택을 하는구나.

정말 너는──재미있어.

'눈앞에 있는 먹이에 달려들 정도로 어리석다면 시호에게 맞설 수 없지. 이런 장면에서도 갈등하고, 망설이고, 죄책감을 느끼면서 그래도 마지막에는 자신의 마음에 솔직해진다……는 시나리오가 아름다워.'

다만 그녀는 코타로의 여자친구가 되는 걸 거부한다.

어디까지나 '코오타로는 동생이고 나는 누나 같은 존재'라고 자신에게 되뇌며 좋아하는 감정을 교묘하게 숨기고 있다.

스스로에게도 솔직해지지 못하는, 츤데레다운 행동이야.

시대착오적인 골동품은 오히려 요즘 시대이기 때문에 멋이 있어서 오히려 매력적으로 보이는 게 신기하지.

하지만 시호와 아즈사가 동행하면 그건 그냥 '태평한 여행'이 되어버린다.

온천 이벤트다운 무언가 사건이 일어나도록 우선 료마 네도 여관에 가도록 책략을 굴렸지만…… 그들은 역할을 잘 수행할까?

부탁할게, 전(前) 주인공.

현(現) 주인공이 성장하는 계기가 되어줘.

코타로는 유일하게 료마에게만 감정을 드러낸다. 분명 좋은 방향으로 변화하겠지.

그 성장에 맞춰서 서브 히로인인 쿠루미도 우화할 것이다.

그녀도 서브 히로인에서 메인 히로인이 될 수 있겠지. 그런 소질은 있어 보인다. ……적어도 나보다는.

물론 시호에게는 못 미치지만.

지금이 기회야. 지금밖에 없어.

시호가 태평하게 방심하는 상황이기 때문에 그녀의 발목을 잡을 절호의 기회가 된다.

쿠루리? 너는 나에게 '네 뜻대로 되진 않을 거야'라고 선언했지만, 아쉽게도 최종적으로는 그렇게 되어버리거든.

이 '메리'의 지혜를 빌리고 말았으니까.

각오하라고, 서브 히로인.

이미 너는 스토리를 따라 코타로를 빼앗는 포지션이 되고 말았으니까.

"야, 아리메. 너 뭘 빈둥거리고 있는 거야. 빨리 일해."

"……치리, 내 정체는 알고 있잖아? 네 어머니가 괴물이라고 평가하는 메리 씨라고. 일 정도는 빼먹게 해줘."

"헛소리하지 말고. 이쪽은 시급 딱 맞춰서 주고 있거든? 네가 누구든 월급 도둑은 용서 못 해. 자, 휴식 끝. 언제까지 스마트폰 붙잡고 히죽거리고 있을 거냐."

"에휴…… 정말로 일해야 해?"

"어. 손님이 널 지명했다고, 빨리 주문 걸어주러 가. 안 그러면 저 손님은 냉동식품에 2천 엔을 내게 되잖냐."

"바가지라니까……. 하아, 어쩔 수 없지."

……그러고 보면 나는 언제까지 이 메이드 카페에서 아르바이트를 해야 하는 거지?

슬슬 복학해도 될 것 같긴 하지만…… 좀처럼 타이밍을 잡지 못해서 어영부영 아르바이트를 이어가고 있다.

뭐, 좋아. 우선 흑막 메리 씨는 휴식.

지금부터 잠시 흑발 거유 메이드 아리메 씨로서 제대로 노동하기로 할까.

◆

방으로 돌아왔을 때는 시호가 자리를 비운 상태였다.

"어라? 어디에 간 거지?"

혹시 둘이 놀러 간 걸까.

다양한 시설이 있으니까, 그럴 수도 있다.

일단 둘 다 고등학생이니까 괜한 걱정은 하지 않아도 괜찮겠지.

"……슬리퍼가 현관에 있었으니까, 밖으로 나가진 않았을 거야."

리이의 관찰력은 날카롭다.

그럼 둘 다 여관 안 어딘가에 있는 건가.

"……좋아, 찾았다."

방 안을 두리번두리번 둘러보던 리이가 어느 한 곳에 시선을 멈췄다.

그 끝에는 옷장이 있다. 옷걸이에 옷을 걸어서 수납하는 장소다.

"왔을 때는 열려 있었는데 지금은 닫혀있어. 부자연스럽지?"

신중하게 관찰했던 건지 작은 변화를 알아차린 모양이다.

"거기 있는 거 다 알아. 나오지 그래?"

옷장을 향해 말을 건 직후에 '덜컹'하는 소리가 들렸다.

"으앗! 시모츠키, 소리 났잖아!"

"목소리! 아즈냥, 목소리가 커!"

"시모츠키도 커!"

"조, 조용히 해야 해."

……이미 다 들켰다.

"찾았다."

리이가 옷장을 열자 두 사람이 안에 숨어있었다.

쪼그려 앉아서 숨을 죽이고 있었던 건가.

"왜 숨은 거야?"

"……그, 그냥, 숨바꼭질하고 싶어서."

"뭐어? 시모츠키, 거짓말 안 해도 되잖아. 쿠루리 언니와 오빠를 둘만 있게 해주고 싶다고 그랬으면서."

"아즈냥, 그 말을 하면 쿠루리가 츤데레를 발휘하니까 안 돼……!"

"누가 츤데레야."

아, 그런 거였나.

그러고 보니 시호는 이 여행에 오기 전에 이런 말을 했었다.

『코타로와 쿠루리가 더 애인답게 보이도록 몇 가지 작전을 생각해왔어!』

물론 리이가 '쓸데없는 참견이야. 부탁한 적 없어.'라고 일축했지만, 시호는 포기하지 않았던 모양이다.

"이러지 말라고 부탁했잖아. 나는 너희와 순수하게 여행하고 싶었다고. 그냥 그뿐인데."

"하지만 할아버지와 화해하길 바라는걸."

"……그 마음은 기쁘긴 한데. 으음, 역시 좀 걸리네."

리이가 얼굴을 찡그리며 시호를 바라보고 있다.

다만 시호도 악의가 있었던 건 아니니 강하게 부정도 못하는 모양이다. ……이러니저러니 해도 리이는 시호에게 약하구나.

류자키에게는 딱 잘라 말했는데 지금은 무척 쩔쩔매는 느낌이다.

"뭐, 됐어. 어린이의 뻔한 작전에 넘어갈 만큼 나는 바보가 아니니까. 할 수 있다면 해 봐."

"어린이?! 나, 나를 그렇게 부르다니 배짱이 두둑하잖아!"

"상관없는데, 아즈사는 끌어들이지 말아줘. 귀찮아."

셋 다 편안하게 대화를 나누고 있다. 동성이라는 점도 더해진 건지 내 앞에서는 또 다른 분위기다.

이 부드러운 분위기를 무너트리고 싶지 않으니 류자키 팀에 대한 건…… 말하지 않아도 되겠지.

마주치면 그때 설명하면 되고.

그 녀석의 이름을 꺼내면 시호도 아즈사도 표정이 안 좋아진다.

아, 하지만 리이는 두 사람과 류자키의 관계도 모를 테니까 말할지도 모르겠네……. 그건 그거대로 어쩔 수 없나.

"어라? 코타로, 무슨 생각을 그렇게 해?"

"어? 아, 그게——."

"혹시…… 오늘 저녁밥 생각이라도 하고 있었어?!"

순간 시호가 무언가를 알아차린 줄 알고 긴장했지만 기

우였다.

엉뚱한 지적에 쓴웃음을 지으며 고개를 끄덕였다.

"응. 점심도 맛있었으니까 기대돼."

"역시 그렇지? 나도 너무 기대돼 ♪"

천진난만한 미소가 순수하다.

진심으로 즐거워하는 그 표정을 보고 있으면 역시 지금으로도 충분하단 생각이 든다.

아무것도 변할 필요는 없다.

그러니까 서두르지 말고…… 지금은 아무튼, 시호와 하는 여행을 즐기면 된다.

◆

잠시 휴식도 겸해 방에서 시간을 보낸 뒤.

오후 5시쯤이었나. 리이가 시계를 확인한 뒤 불쑥 일어났다.

"저녁 먹기 전에 온천에라도 갈래?"

""갈래!""

느긋하게 스마트폰 게임을 하던 두 사람이 동시에 외쳤다.

힘차게 일어나 눈을 반짝반짝 빛내고 있다.

"온천 처음이야……. 정말 기대된다."

"아즈사도 처음이야! 어떤 느낌일까?"

시호도 아즈사도 다른 사람에게 경계심이 강한 타입이다.

맨살을 드러내는 온천은 제법 진입 장벽이 높은 장소였겠지……. 그렇게 생각하면 사람이 별로 없는 이 온천여관은 두 사람에게 딱 맞았다.

대절은 아니니까 어쩌면 키라리와 유즈키를 마주칠 가능성도 있다.

하지만 그 두 사람은 류자키만 없다면 평범하니까 괜찮겠지.

"그럼 갈까."

사실은 나도 온천을 기대하고 있었다.

외출하지 않는 가족이었으니까. TV에서만 봤으니 어떤 느낌인지 아주 관심이 있었다.

"일단 말해두지만, 혼욕 아니거든? 지금 바깥의 노천온천은 여성용 시간대니까…… 나카야마는 조심해."

"괜찮아, 걱정하지 않아도 안 들어가."

"오빠, 아즈사네랑 같이 혼욕하고 싶어? 변태~."

"그런 생각 한 적 없는데."

"흠흠, 코타로는 변태구나."

"아니라고! 정말이지 시호까지……."

세 사람에게 놀림당하며 잠시 걷자.

바로 탕 입구에 도착했다.

빨간 노렌(暖簾)에는 '여탕'. 파란 노렌에는 '남탕'이라고

175

적혀 있다.

"그러면 나중에 봐."

"어? 코타로, 이쪽으로 안 와? 변태라면 와도 되는데."

"왜 간다고 생각하는 거야."

히죽히죽 장난치며 웃는 시호에게 손을 흔들고 파란 노렌 너머로 들어갔다.

물론 탈의실에는 아무도 없다. 적당한 로커에 내 옷을 넣은 뒤 욕실로 들어갔다.

아무도 보지 않지만, 알몸은 불편했기에 일단 허리에 수건을 감았다.

크기는 학교 교실 정도. 목조 욕실은 드물다고 해야 할지, 처음이다…… 따뜻한 느낌이 들어서 좋지만 물 때문에 썩지는 않을까.

이 욕실을 혼자 사용할 수 있다니 사치스럽구나. 감사히 즐겨야겠다. ……그렇게 생각한 그때, 시야 구석에 보고 싶지 않은 게 보였다.

"……뭐야, 왜 하필 지금 오는 건데."

욕조 구석. 팔짱을 끼고 앉아있던 그 녀석이 나에게 말을 걸었다.

혹시 처음부터 있었던 걸까. 전혀 눈치 못챘다.

"류자키…… 하아."

혼자 쓸 줄 알았는데 아주 아쉽다.

하필이면 가장 싫은 녀석과 알몸으로 마주치다니……
싫어라.

"노골적으로 한숨 쉬지 말라고. 내가 있으니까 나가."

"싫어."

"쯧. 열 받는 자식……. 내가 먼저 들어왔거든?"

뭐, 류자키가 있다는 걸 사전에 알았다면 바로 돌아갔을
것이다.

하지만 여기서 물러나면 저 녀석이 시키는 대로 따르는
것 같아서 기분이 내키지 않는다.

여기선 자존심을 세워 일부러 들어가기로 했다.

"…………."

묵묵히 샤워했다.

그러는 동안 류자키도 한마디도 하지 않았다.

오직 침묵. ……한두 마디 정도는 비아냥을 던질 줄 알
았기 때문에 조금 맥이 풀렸다.

한차례 몸을 씻고 나니 이제 할 게 없어졌다.

어쩔 수 없이 욕조에 들어가기로 하고 일어났다.

물론 류자키와는 최대한 거리를 벌리고 싶으니까……
반대쪽에 앉았다. 하지만 욕조는 그렇게까지 넓지 않아서
서로 얼굴이 보이는 거리다.

"…………."

내가 들어와도 저 녀석은 말이 없다.

말을 섞는 것도 싫다는 의사 표명인 걸까. 그건 마침 잘 됐다.

다만 무슨 표정을 짓고 있는 건지 신경 쓰여서 슬쩍 쳐다보자…… 류자키의 얼굴, 아니 몸 전체가 새빨갛게 물들어 있었다.

호, 혹시……?

"열 올랐어?"

"아니."

즉답.

하지만 잘 보면 눈에 초점이 맞지 않는다.

명백하게 무리하고 있었다.

"……참고로 언제 여기에 들어온 거야?"

"세 시간 정도 전인데?"

"너무 오래 있는 거 같은데."

탈진하는 것도 무리가 아니다.

"쓰러지면 내가 너를 날라야 하니까, 슬슬 나가지?"

싫어하는 녀석이라고 해도 차마 비틀거리는 걸 못 본 척할 수 없었다.

"……너 뭘 모르는구나."

"뭔 소리야?"

"지금 여탕에는 유즈키와 키라리가 들어가 있다."

"……그래서?"

"그리고 이 밖은 노천온천이지. 즉 내가 무슨 말을 하고 싶은지 알겠나?"

"미안, 모르겠어."

이 남자는 뭘 하고 싶은 거지? 고개를 갸웃거리고 있었 더니 그 녀석이 힘차게 일어나서 이렇게 말했다.

"──노천온천에 키라리와 유즈키가 오는 걸 기다린다 고! 그때 나도 우연을 가장하면서 들어가는 거지. 나는 혼 욕을 하고 싶어."

"바보야?"

아, 무심코 본심이 나오고 말았다.

무언가 이유가 있어서 열이 올라 탈진할 것 같은 걸 참 는 줄 알았는데…… 그런 하찮은 이유였냐.

하지만, 그래……. 류자키가 굳이 구석에 있었던 이유를 알았다. 저 녀석 옆에는 문이 있다. 아마 저건 바깥에 있는 노천온천으로 이어져 있다.

류자키가 아무 말도 하지 않았던 건 바깥의 소리에 귀를 기울이고 있었기 때문이겠지.

"노천온천은 남녀 따로 입욕 시간이 정해져 있다고 하 는데."

"그런 건 몰라. 난 못 들었어. ……그런 설정이다!"

"바보잖아."

아마 종업원이 설명했을 것이다.

류자키는 그걸 잊어버린 셈 치고 혼욕의 기회를 엿보고 있었던 모양이다.

하지만 한계가 온 거겠지……. 흥분해서 일어났기 때문이기도 하겠지만, 어쩐지 비틀거리고 있다.

"젠장. 기력은 넘쳐나는데 체력이 한계야!"

"……뭐, 네가 한계니까 여탕에 있는 두 사람도 이렇게 오래 몸을 담그는 건 무리일 거야."

"윽?!"

내 말에 류자키는 눈을 부릅떴다.

『왜 그 생각을 못 했지?!』

그렇게 말하는 듯한 얼굴이었다.

"조금만 생각하면 알 수 있잖아……."

"…………크으윽."

류자키가 원통한 듯 한숨을 쉬었다.

그러고는 휘청거리는 걸음으로 욕실을 나섰다.

"이러려던 게 아닌데."

마지막으로 억울해하는 목소리가 들렸다. ……아무래도 맹렬하게 혼욕하고 싶었던 모양이다.

변태라는 칭호는 내가 아니라 저 녀석에게 딱 맞았다.

"후우……."

뭐 됐고. 아무튼 이 온천을 독점하게 되었다.

류자키도 가버렸으니 편하게 즐겨야지.

저 녀석과 같은 전철은 밟지 않는다. 아마 30분도 지나지 않아 한계가 올 테니 그전에 나가야지.

그런 생각을 하고 있을 때였다.

『콩, 콩, 콩.』

희미하게 노크 소리가 들렸다.

당연히 환청이라고 생각했다. 이 욕실에는 나밖에 없고…… 애초에 소리가 들리는 방향도 이상하다.

욕실 입구에서 들리는 거라면 모를까 뒤에서 들리다니. 그런 건…… 말도 안 되는, 일이어야 하는데.

"여보세요, 코타로? 거기 있지? ……코타로! 추, 추우니까 여러줘어어."

이번에는 제대로 들렸다.

시호의 목소리가 등 뒤…… 아니, 밖으로 이어지는 문에서 들렸다.

"시, 시호?!"

당황하며 일어났다. 조금 전 류자키가 있던 장소까지 빠르게 이동했다.

나무로 된 문은 가까이 가자, 문이 잠겨있는 게 보였다. 오늘은 이용객이 별로 없어서 남탕에서는 아무도 밖에 나가지 않았기 때문이겠지.

서둘러 잠금을 풀었다. 거의 동시에 힘차게 문이 열리고.

"더는 못 참아!"

수건 한 장만 두른 시호가 나타났다.

1월 하순. 한겨울이니 추웠겠지.

은백색 소녀가 부들부들 떨면서 남탕으로 들어왔다.

바깥 기온이 낮았기 때문인지 그녀의 피부는 여느 때보다 더 새하얘 보였다.

"——!"

움직임이, 멈췄다.

추워 보이는 그녀와는 대조적으로 나는 땀이 멈추지 않았다.

직시할 수 없다. 한순간밖에 보이지 않았지만, 망막에 시호의 몸이 선명하게 달라붙었다.

이 이상 쳐다봤다간 피가 부글부글 끓어서 류자키보다 더 열이 오를 것 같았다.

왜 시호가 남탕에——?!

"와 버렸다♪"

굳어버린 나와는 달리 그녀는 풀어져 있는 것처럼 보였다.

부끄러워하는 표정은 없다.

오히려 나를 보고 안심한 듯 웃고 있다.

"어, 어, 어째서? 저기서 무슨 일 있어?!"

대체 무슨 일이 일어나고 있는 걸까.

굳이 남탕에 오다니…… 긴급 사태인 게 분명하다.

그게 아니면 이상하다.

그게 아니면 말이 안 된다.

그 정도의 일이 일어났다.

"으응? 아…… 맞다! 코타로, 긴급 사태야."

시호는 내 말에 동의했다.

다만 긴급하다는 것치고 목소리에 위기감이 없었지만.

"우선 따라와! 추우니까…… 서둘러."

손을 잡아당긴다.

갑자기 시호가 걸어가서 당황했다.

왜냐하면 그녀가 두르고 있던 수건이 미끄러졌으니까.

"자, 잠깐!"

최대한 보지 않으려고 조심하는 데 급급했다. 무슨 일이 일어나서 수건이 떨어지면…… 그런 상상을 한 것만으로 도 몸이 말을 듣지 않는다.

침착함 같은 건 이미 진작에 사라졌고, 지금부터 뭘 당할지도 그녀가 뭘 하고 싶은 건지도 생각할 수 없었다.

끌고 가는 대로 밖으로 나왔다. 예상대로 밖은 노천온천이었다.

바깥 공기가 차가워서 물에서 올라오는 수증기가 진하다. 탕에 들어가기만 한다면 몸이 따뜻해질 것 같다.

하지만 지금은 여자만 들어갈 수 있는 시간대일 텐데.

"코타로, 우선 들어가!"

"아니, 하지만……."

"아무튼!"

저항은 했다. 하지만 시호가 억지로 나를 온천에 집어넣었다.

물속은 확실히 따뜻하다. ……아니, 너무 뜨거울 정도다.

어깨까지 담근다면 분명 차가운 공기를 차단할 수 있을 것이다.

물론 지금은 그런 걸 신경 쓸 여유가 없지만.

시호? 긴급 사태라면서?

대체 무슨 일인 건데?!

"우선 바위 뒤에 숨어있어."

원형으로 생긴 노천온천 중앙에는 큼직한 바위가 있다. 그 뒤쪽으로 나를 데려갔다.

"시호? 저기, 이건 대체…….'"

어쨌거나 설명이 필요하다.

하지만 그녀는 아무것도 가르쳐주지 않는다.

"아무튼! 잠시 기다려……. 곧 올 테니까."

"온다고? 어? 뭐가?"

"잠깐 다녀올게!"

"시호?!"

바위 뒤에서 시호가 뛰쳐나갔다. 그대로 어딘가로 걸어가려고 했지만…… 그 전에 다른 방향에서 소리가 들렸다.

아니, 이건 그냥 소리가 아니라…… 목소리다!

"시모츠키? 어디 있는 거야……. 밖은 추우니까 안에 들어가자고."

"아, 하지만 노천이야! 잠깐만 들어가자, 쿠루리 언니! 모처럼 유즈키 언니와 키라리 언니도 있는데. 응?"

"맞아맞아! 핑크링, 알몸으로 대화하고 친해지자고."

"아! 키라리 씨, 위험해요! 그렇게 가까이 가면 불량아가 될 거예요."

아는 목소리였다.

심지어 어째서인지 늘어났다.

'리이와 아즈사로도 모자라 왜 아직도 유즈키와 키라리가 있는 건데?!'

……아니. 그게 가장 큰 문제가 아니다.

지금 걱정해야 하는 건 내가 이 자리에 있다는 점이다.

"시호, 어떻게 된 거야?!"

작은 목소리로 그녀를 불렀다.

"미안해. 쿠루리와 코타로를 둘만 있게 해주려고 했는데…… 뭔가 다들 왔어!"

시호도 혼란스러워했다.

허둥대고 있지만 이미 모든 게 늦었다. ……바로 일행이 다가와서 바위 뒤에서 몸을 내밀고 있던 시호를 발견했다.

"아, 찾았다. 시모츠키, 갑자기 왜 불러낸 거야? 나 머리 감던 중이었는데."

"왜, 왜 다들 온 거야?"

"뭐? 오면 안 돼?…… 아즈사는 마음대로 따라왔어. 그리고 뒤에 있는 두 사람은 잘 모르겠지만 합류했고."

"유즈키 언니와 키라리 언니는 아즈사가 데려왔어!"

"아니, 두 시간 정도 전에 목욕하고 나왔는데 말이지. 한참을 기다려도 류 군이 오지 않으니까, 온천까지 찾으러 왔거든~."

"그랬더니 딱 마주친 아즈사 씨가 권유해서……. 노천온천에는 아직 들어가지 않았으니까 들어가기로 했어요. 쿠, 쿠루리 씨는, 무섭지만요."

……류자키, 타이밍이 나빴구나.

아무래도 키라리와 유즈키는 엇갈린 모양이다.

"큰일이야. 쿠루리만 데려올 생각이었는데……!"

시호의 혼잣말이 희미하게 들렸다.

그녀는 아직도 나와 리이가 애인다워지도록 계획을 꾸몄던 모양이다. ……그녀의 계획에선 나와 리이가 노천온천에서 단둘이 마주쳤겠지.

다만 다른 사람을 제치는 데 적절하지 않은 성격이라 계획이 구멍투성이다.

'이대로면 내가 '변태'가 되겠어!'

당연히 불가항력이다.

상황이 허락한다면 한시라도 빨리 이 자리를 떠나고 싶다.

하지만 이 바위 뒤에서 나가면 바로 들통날 것이다. 그래서 할 수 있는 일이라곤 목까지 물에 담가서 몸을 가리는 것 정도다.

이대로 숨어서 버티자.

아무것도 보지 않도록 조심하면서 숨을 죽였다. 다들 나갈 때까지 기다렸다가 남탕으로 돌아간다……. 그게 최선의 수단이다.

"후우, 따뜻해라……. 하지만 역시 얼굴이 차가워. 안으로 돌아가고 싶어."

"냐하하♪ 이게 좋은 거야. 핑크링은 뭘 모르는구나……. 그나저나 몸 좋네? 오오, 그렇게 날씬하다니 치사해라."

"와! 유즈키 언니의 가슴이 물에 떠!"

"아, 아즈사 씨, 부끄러우니까 너무 보지 마세요."

……여자들끼리 하는 대화는 거리낌이 없기 때문인지 남자가 듣기에는 상당히 민망하다. 뭐, 저쪽도 설마 내가 듣고 있는 줄은 모르겠지.

최대한 듣지 않도록 조심하고 싶다.

하지만 시야를 최대한 차단하고 있으니, 소리가 민감하게 들렸다.

"윽~~!!"

상상하지 말라고 스스로를 타일렀다.

하지만 뇌가 멋대로 대화를 통해 광경을 만드는 바람에

187

망했다.

'제발, 시호……. 부탁이니까 빨리 안으로 돌려보내!'

이미 다들 온천에 몸을 담그고 있으니, 목소리를 내면 들킬 가능성이 있다.

따라서 시호에게 눈으로 호소할 수밖에 없다.

유일하게 나에게서 보이는 위치에 있는 그녀는…… 아니, 오히려 나에게는 가장 보면 안 되는 상대이기도 한데.

"끄으으으응."

시호도 이 상황을 어떻게 할지 고민하고 있다. 그래서 그런지, 몸에 두른 수건이 더 크게 풀어진 것도 눈치채지 못한 모양이었다.

수증기 덕분에 시야가 맑지 않다. 다만 아무것도 보이지 않는다고 하기에는 어려워서 보이는 부분은 보인다.

이대로면 그녀의 피부가 모조리 노출될지도 모른다.

그걸 직시했다간 내가 어떻게 될지 모른다.

'어떻게 해야 해……!!'

몸이 뜨겁다. 온천 때문인 건지, 시호 때문인 건지, 다른 아이들의 대화를 듣고 있기 때문인 건지…… 내 상태를 전혀 파악할 수 없다.

목까지 물에 담그고 있기 때문이기도 하겠지.

점점 머리가 어지러워진다.

큰일이다. 한계가 오는 건지도 몰라……. 머리가 잘 돌아가지 않는다.

　그때 최악의 사태가 일어났다.

　"……앗."

　기어이 시호의 수건이 완전히 풀렸다.

　가슴께부터 아래쪽을 덮고 있던 새하얀 수건이 스륵 떨어진다.

　여기서 선택지가 발생했다.

『그대로 아무것도 하지 않고 시호의 알몸을 본다.』

『일어나서 시호의 수건을 잡는다.』

　전자를 선택하면 다른 아이들에게 들킬 일은 없다.

　솔직히 시호는 그런 수치심이 조금 희박한 것 같으니 이러니저러니 해도 별로 신경 쓰지 않을지도 모른다.

　후자를 선택하면 내 모습이 바위 뒤에서 드러나게 되니까…… 틀림없이 존재가 들킨다.

　안다. 이대로 숨을 죽이고 있는 게 정답이라는 것쯤은.

　하지만…… 나는 내가 생각하는 것보다 더 여성의 몸에 면역이 없는 모양이다.

　'시호의 알몸을 봤다간……!'

　상상만으로도 머리가 망가질 것 같았다. 지금 시점에서도 몸이 뜨거워서 견딜 수 없는데 그 이상 간다면…… 죽어버릴지도 모른다.

어째서인지 생명의 위기를 느꼈다.

열이 올라서 정상적인 판단력도 사라졌다.

그래서 나는 후자를 선택하고 말았다.

"──시호!"

바위 뒤에서 뛰쳐나와 등 뒤에서 수건을 잡았다.

간발의 차이로 수건은 간신히 시호의 몸을 가려주었지
만…… 아쉽게도 내 몸은 완전히 노출되었다.

""""──어?""""

다들 나를 본다.

나도 그녀들을 본다.

눈앞에 펼쳐져 있는 건…… 살색의 풍경.

수증기 덕분에 시야가 나쁘다. 그래서 가까스로 죽지 않
을 수 있었다.

하지만 내 허용량은 이미 한계를 넘었던 모양이다.

"미, 미아……."

사과하기 전에 의식이 명멸했다.

휘청 몸이 기울어 시호를 향해 쓰러졌다.

"잠깐, 코타로? ……코타로?!"

시호의 당황한 목소리에 반응하지도 못한 채.

나는 그대로 의식을 잃어버렸다.

◆

뭐, 현기증이 났던 것뿐이니 큰 사태는 아니다.

의식이 돌아왔을 때 나는 탈의실에 있는 안마의자에 누워있었다.

휴식 공간도 겸하고 있는 건지 탈의실 안에는 온도도 관리되어 있어서 아주 쾌적했다. 덕분에 체온도 정상으로 돌아온 느낌이다.

"아, 오빠. 깼어?"

옆에는 아즈사가 있었다. 걱정하는 얼굴로 나를 들여다보고 있다.

"30분 정도 누워있었는데, 몸은 괜찮아?"

"몸, 괜찮…… 아! 미, 미미미미안해!!"

내가 직전에 뭘 하고 있었는지 떠올리고 허둥지둥 사과했지만…… 그런 나를 보며 아즈사는 쓴웃음을 지었다.

"이해해. 오빠가 훔쳐보려고 했던 게 아니라는 것쯤은 다들 알아. 시모츠키 때문이지?"

"미, 믿어주는 거야?"

"당연하지. 오빠는 아즈사네게 나쁜 짓을 하는 사람이 아닌걸."

아즈사가 이렇게 너그럽게 대해 주다니 예상치 못했다.

"고마워…… 어, 옷?!"

한발 늦게 내가 알몸이 아니라는 것도 깨달았다. 누군가가 입혀준 모양인데……. 그건 그거대로 상당히 면목 없는 기분이었지만.

"진정해……. 여기까지 데려다준 건 쿠루리 언니와 키라리 언니였지만, 괜찮아. 그 전에 아즈사가 입혀놨거든."

그 말에 확인해 보았다. 내가 입은 옷은 여관에서 제공하는 유카타였다. ……노천온천에서 입힌 뒤에 옮긴 모양이었다.

다행이다. 아즈사 덕분에 폐를 끼치는 건 피한 모양이다.

"아즈사, 미안해."

"오빠의 알몸은 어릴 때 자주 봤으니까 별로 신경 안 쓰여. 가족이니까, 이 정도는 평범한 거잖아?"

……정말 많이 성장했구나.

나를 배려하는 말이 어쩐지 무척 기뻤다.

"오, 코 군. 눈 떴어? 자, 주스 줄게."

몸을 일으키자, 키라리가 즐겁다는 듯 웃으면서 캔주스를 내밀었다.

자동판매기에서 사 온 모양이다. 수분을 보충하고 싶었기에 감사히 받았다.

키라리 옆에는 어딘가 불만이라는 듯 유즈키가 부루퉁

하게 서 있었다.

"고마워. 그리고 미안해."

"냐하하. 됐어, 보여준다고 닳는 것도 아니고."

"……하아. 여성의 알몸을 보고 기절이라니 조금 한심하네요. 료마 씨라면 더 헤벌쭉한 얼굴로 힐끔거렸을 텐데. 코타로 씨에게는 그런 귀여운 맛이 없군요."

"그거 진짜 '귀여운 맛'인 거야?"

전부터 알고는 있었지만, 유즈키는 영 쓰레기 같은 인간이 좋은 모양이다. 나는 그녀의 기대에 전혀 부응하지 못한 모양이다.

"그럼 우리는 슬슬 돌아갈게~. 류 군에게 코 군에게 알몸 보여줬다고 말해서 질투하게 만들어야지."

"아, 그거 좋은 생각이에요. 욕망에 떠밀려 저를 덮쳐준다면 그건 그거대로…… 나쁘지 않군요."

"나쁘거든?! 유즈, 아닌 척 변태인 건 괜찮지만 조금 더 숨기는 게 좋지 않을까? 음탕한 건 가슴만으로 충분하잖아."

"으, 음탕하지 않습니다!"

두 사람은 나를 전혀 신경 쓰지 않고 탈의실에서 나갔다.

그러자 나와 아즈사만 남았다.

그러고 보면…… 리이와 시호의 모습이 어디에도 보이지 않는다.

"시모츠키와 쿠루리 언니라면 먼저 방으로 돌아갔어."

"그렇구나, 알았어. 우리도 돌아가자."

남성용 탈의실에 돌아가서 짐을 챙긴 뒤 아즈사와 함께 방으로 돌아갔다.

문을 열고 보인 건 팔짱을 끼고 엄숙하게 서 있는 리이와 무릎을 꿇고 앉아 훌쩍이는 시호의 모습이었다.

시호……. 혹시 리이에게 혼나고 있었나?

"아, 돌아왔다. 자, 시모츠키……. 나카야마에게 할 말이 있지?"

"자, 잘못했어요~!"

방에 들어가자마자 시호가 개그만화처럼 울면서 나에게 달려들었다.

역시 혼났던 모양이다. 상당히 반성한 모습이었다.

"코타로, 괜찮아? 나 때문에 미안해."

"아니, 나야말로 미안해. 이상한 일이 되어버려서…….리이도 미안."

"나카야마는 잘못한 거 없잖아. 사과할 필요도 없어."

다들 상상했던 것보다 더 너그러워서 어쩐지 나까지 울 것 같았다.

"고마워……. 영락없이 화낼 줄 알았어."

품속에서 훌쩍이는 시호를 쓰다듬으며 불안해하던 걸 중얼거렸다.

그러자 리이가 이유를 가르쳐주었다.

"설마 그 나이에…… 여자의 알몸을 보고 기절하다니, 순진한 것도 정도가 있지. 그런 걸 보면 오히려 화낼 수 없잖아."

"아즈사도 놀랐어. 오빠는 아즈사보다 이성에 면역이 없는 거 아니야?"

……어쩐지, 유독 따뜻한 시선이더라 싶었다.

그녀들이 나에게 동정적인 건 반응이 신선했기 때문인 모양이다.

부정할 수 없다. 설마 나도…… 그렇게 당황할 줄은 몰랐다.

"코타로에게는 자극이 너무 강했나 봐. 미안해. 쿠루리와 온천에서 깊이 대화하면 가까워질 거라고 생각했어……."

"그게 괜한 참견이라고 아까 입에 침이 마르도록 설교했지? 이제 하지 마."

"응. 이제 안 할게……. 폐를 끼칠 생각은 없었는걸."

그건 잘 안다.

시호가 좋은 의도로 했다는 것도 눈치채고 있었다.

하지만 역시…… 나와 리이의 '애인다움'을 위해 시호가 응원하는 구도는 어쩐지 위화감이 느껴진다.

계획은 미수로 끝났지만.

만약 잘 풀렸다고 하면, 내가 리이와 애인답게 거리감이 가까워진다면 시호에게는 절대 반갑지 않은 일일 텐데.

'믿는다, 는 말로 치부할 수 없는 느낌이야.'

……아마 리이도 그걸 신경 쓰는 것처럼 보였다.

"네가 무슨 생각인지 모르겠어."

한숨을 흘리며 시호에게 기가 막힌다는 듯한 시선을 보내고 있다.

이 부분은 지나친 생각이 아니다.

역시, 어렴풋하게 느끼고는 있었지만 요즘 시호는 조금 이상한 것 같다.

◆

온천 소동 후에는 평온한 시간이 흘러갔다.

한숨 돌린 타이밍에 저녁을 먹고, 식욕이 채워진 덕분인지 풀이 죽어있던 시호도 기운을 되찾아서 다행이다.

그 후에는 느긋하게 시간을 보내고 있었더니 어느새 날짜가 바뀌려 했고…… 그 시점에서 시호와 아즈사는 이미 꾸벅꾸벅 졸고 있었다.

낮잠도 잤지만, 장시간 이동과 처음 온 장소라서 피로가 쌓인 모양이었다.

내일은 일요일. 하지만 아침을 먹으면 바로 집으로 돌아갈 예정이다. 너무 늦게까지 깨어있을 수는 없으니 딱 좋은 건지도 모른다.

"시호, 아즈사. 잘 자."

"잘 자아아."

"우으응."

"다들 잘 자…… 어? 벌써 잠들었어? 빠르네."

침실에 이부자리를 두 개 깔아줬는데 어째서인지 두 사람은 한 이불을 덮고 자기 시작했다.

사이좋게 한 베개를 절반씩 베고 있는 모습이 흐뭇하다.

나도 일찌감치 잘까. 그렇게 생각하고 옆에 있는 남성용 침실로 향했다.

방이 다르다고는 해도 장지문을 사이에 두고 바로 옆에 있으니 그리 멀리 떨어진 건 아니다. 벽도 얇아서 시호와 아즈사의 숨소리가 들릴 것 같았다.

이러니저러니 해도 나도 피곤할 테니 금방 잘 수 있겠지.

"……저기, 나카야마. 잠깐 시간 돼?"

하지만 장지문을 연 직후 리이가 말을 걸었다.

"왜?"

"아니. 그게…… 좀, 잠이 안 와서."

그녀의 표정은 어쩐지 불안해 보였다.

'……그렇구나. 그건 뭐, 그렇겠지.'

오히려 지금까지 태연해 보였지만 그럴 리가 없다.

왜냐하면 리이는 잇테츠 씨를 걱정하고 있을 테니까.

수술은 잘 끝났고 경과도 나쁘지 않다고 하지만…… 그

래도 한 번 쓰러졌다는 사실이 그녀를 괴롭히고 있을 것이다.

다음에 또 쓰러지면 어떡하지?

그런 불안이 밀려들어도 이상하지 않았다.

"알았어. 우선 밖에 나갈래?"

"응, 고마워."

그렇게 둘이 함께 방에서 나왔다.

여관 내부는 불이 들어와 있지만 인기척은 전혀 없었다.

낮에 갔던 족욕탕도 닫혀있을 것이다. 다만 정원에는 나갈 수 있는 것 같아서 잠시 산책하기로 했다.

코트를 들고 오길 잘했다. ……밖은 춥지만, 잠깐이라면 괜찮을 것 같다.

자갈길을 걸어 작은 연못으로 다가갔다.

이렇게 추운데 잉어가 느긋하게 헤엄치고 있었다. 온도를 관리하고 있는 걸까? 다만 역시 움직임이 둔했다.

연못을 들여다보고 있었더니 리이가 툭 중얼거렸다.

"시모츠키와 아즈사 앞에선 이상한 생각을 하지 않을 수 있지만 말이야. 혼자 있으면 갑자기 무서워져."

"역시…… 잇테츠 씨?"

"그래. 고작 1년 전까지는 이 사람은 영원히 사는 거 아니냐는…… 그런 생각이 들 정도로 건강했는데."

항상 강한 척만 하던 소녀가 두려움에 몸을 떨고 있다.

내 앞이기 때문인지도 모른다. 하지만 그렇다고 해도 약한 소리를 토해내는 건 드물다.

"잇테츠 씨라면 다시 건강해지실 거야……. 미안해, 일시적인 위로밖에 안 된다고 보지만."

"아니, 오히려 기뻐. 근거 같은 건 필요 없어. 긍정적인 말이 아주 고마워……. 나에게도, 코오타로에게도 할 수 있는 일은 거의 없잖아."

나는 기적을 일으킬 수 있는 게 아니다.

그래서 잇테츠 씨의 상태를 치료할 수 없다.

리이의 말대로 할 수 있는 일은 거의 없다.

하지만 아무것도 못 하는 건 아니니까.

"몸을 건강하게 만들 수는 없을지도 모르지만, 마음은 건강하게 만들 수 있도록 노력할게. 월요일에 또 면회하러 갈 거지? 이번에야말로 잇테츠 씨를 안심하게 해드리자. 애인답게 행동하도록 노력할게."

"……응. 하다못해 내 장래에 대한 불안은 치워주고 싶어. 제대로 파트너와 행복한 삶을 살 테니까──걱정하지 말라고."

그게 설령 거짓이라고 해도.

"할아버지가, 잠들기 전에…… 지금까지 고마웠다고, 말하고 싶어."

결국 그게 전부다.

모든 게 늦어버리기 전에 감사의 말을 전하는 것.

절대 입 밖으로 내진 않지만, 리이의 말을 들어보면……
대충 짐작할 수 있다.

그녀는 최악의 사태가 되는 것도 각오하고 있다.

그래서 조급해지고, 괜히 고집을 부리다가 지금까지 실
패했다.

그래서 제삼자인 내가 개입해 리이가 솔직해지는 계기
를 주고 싶다. 그러기 위해서라면…… 일시적인 '가짜 애
인'도 하겠다.

과거에 나를 구해주었던 리이를 이번에는 내가 구해주
고 싶었다.

"――그래. 아무래도 깊은 사정이 있는 모양이군."

……언제부터 있었던 걸까.

이런 자갈길에서 나와 리이가 알아채지도 못하게 목소
리가 들리는 거리까지 접근하다니, 믿어지지 않는다.

애초에 우리 이야기를 훔쳐 들으려는 정신상태도 이해
할 수 없다.

하지만 그래야 너답다고도 할 수 있지.

정말 항상, 항상…… 나에게는 타이밍이 나쁘고, 스토리
에는 타이밍이 좋은 남자다.

"마음대로 듣지 마, 류자키."

뒤를 돌아보자 역시 그곳에 그 녀석이 있었다.

신기하게도 놀라진 않았다. 왜냐하면 어딘가에서 또 마주친다는 걸 알고 있었으니까.

몇 미터 앞. 그 녀석은 여관에서 제공하는 유카타를 입고 서 있었다.

방한구가 없어서 틀림 없이 추울 텐데, 류자키는 그걸 조금도 드러내지 않은 채 당당한 모습이었다.

"……매너가 없네."

"너희의 사정을 꼭 알고 싶었거든. 밤에 잠이 오지 않아서 산책하다가 우연히 발견해서 와봤지."

자신감 넘치는 미소.

조금 전 리이에게 압도당했을 때 같은 동요도 없다.

욕실에서처럼 바보 같지도 않다.

지금 이 녀석은 뻔뻔하고 독선적이고 자신만만하고 골치 아픈 류자키 료마였다.

"알고 있나? 장지문 하나 너머에서 나를 좋아하는 여자애가 무방비하게 잠들어 있다고. 침착할 수 있을 리가 없잖아. 이성이 무너질 것 같단 말이다."

아, 아니구나. 바보 류자키도 얼핏얼핏 보인다.

그렇게까지 긴장할 필요는 없는 건지도 모른다.

"뭐, 너희 이야기는 냉수를 마신 것 같아서 딱 좋았어. 아무리 나라도 그런 이야기를 들으면 흥분이 가라앉을 수밖에 없지."

"황당하네. 멋대로 끼어들지 마. 훔쳐 들은 주제에 잘도 그렇게 거만한 태도로 구네."

"워워, 화내지 마. 여전히 무섭다니까."

대단하네. 리이의 싸늘한 말도 가볍게 흘려넘기고 있다.

"뭐, 대충 알았어. 왜 나카야마가 시호가 아닌 여자와 단둘이 있는 건지. 적어도 내 소꿉친구를 버리고 새 여자로 갈아탄 건 아니었던 모양이군."

"알았으면 더는 용건도 없겠네. 돌아가."

"아니, 아직 물어보고 싶은 게 있어. 오히려 사정을 파악했기 때문에 알고 싶어. 나카야마…… 왜 시호를 우선하지 않는 거지?"

그 순간 실실거리던 미소가 사라졌다.

진지한 눈빛으로…… 얼마 전까지 보던, 주인공 같은 류자키 료마가 나타났다.

"다른 여자의 사정 같은 건 중요하지 않잖아. 시호가 제일 소중하잖아. 그렇다면 잘라야지. 쿠루미자와에게 친절하게 대하지 마. 시호만 특별하다면 시호만 바라보고 시호만 행복하게 해줄 수 있다면 그걸로 충분할 텐데."

"잠깐, 너……."

"가만히 있어, 쿠루미자와. 너도 알잖아? 자기가 나카야마의 약점을 이용하고 있다는 것쯤은 눈치채고 있잖아?"

"——!"

류자키의 말에 리이가 할 말을 잃었다.

역시 이 상태의 이 녀석은 무시무시하다.

말 구석구석에 깃들어 있는 강인함이며 오만함에 방심하면 압도당할 것 같다.

그걸 처음 겪는 리이는 당황하고 있었다. 하지만 뭐…… 나에겐 익숙했다.

"리이에 대해 네 마음대로 단정하지 마. 리이가 부탁한 게 아니라 반대로 내가 부탁해서 협력하는 거야. 네 인식을 사실처럼 말하지 마."

특기인 일인칭 시점 견해는 여전하다.

너무 사실처럼 말하니까 정말 그런 것처럼 착각하게 된다.

"뭐야, 이럴 때도 쿠루미자와를 감싸는 거야? 시호를 우선하라고 했잖아……? 이 녀석이 상처받든 괴로워하든 상관없어. 너에게는 시호가 있으니까. 시호만이 네 전부잖아. 나카야마 너……. 전력이 아니어도 내 소꿉친구를 사랑할 수 있다고 생각하냐?"

그 말에 나도 모르게 웃어버렸다.

누군가가 상처받는 모습이 보이지 않는 척하며 자기들의 행복만을 생각한다.

그래, 틀린 건 아닌지도 모른다. 남은 남이라고 선을 그을 수 있는 성격이라면…… 나도 그렇게 했을지도 모른다.

하지만 '나카야마 코타로'는 상냥하고 온화한 인간이다.

누군가가 상처받는 게 싫고, 폭력적인 수단이 불편하고, 나보다 남을 우선하게 되는 성격이다.

"그런 건 나답지 않아."

리이를 무시하는 선택지를 택할 수 있을 리가 없다.

그렇게 하면 내가 아니다.

시호도 그걸 알고 있다. 그걸 감안해도 지금 그녀는 상태가 좀 이상하지만…… 시호가 내 선택을 존중하는 건 사실이다.

"너라면 알 거야, 류자키……. 시호는 자기만 생각하는 인간을 아주 싫어해. 누군가 곤경에 처한 사람을 보면 당연하다는 듯이 손을 내밀 수 있는 나니까 시호의 특별한 사람이 될 수 있었어."

그러니까 변하지 않아.

류자키. 고작 네 말로 내 의사는 꺾이지 않는다.

"'우선'하는 것과 '특별'한 건 다르니까."

확실하게 단언했다.

류자키, 네 말은 틀렸다고…… 그렇게 말했다.

그러자 류자키는…….

"하하, 그래. 그렇지……. 너는 이제 휘둘리지 않는 건가."

──웃었다.

씁쓸함이 섞이긴 했지만, 내 말을 듣고 작게 웃었다.

"물론 알지. 그래, 시호는 자기중심적인 인간을 싫어해.

나처럼 자기밖에 모르는 인간을."

주인공 류자키 료마는 이제 없다.

지금 눈앞에 있는 건…… 어디에나 있는 '평범한' 고등
학생.

선량하고, 변태 같은 구석도 있고, 살짝 정의감이 너무
강하고, 착각하기도 하지만…… 그런 부분도 매력적인 '류
자키 료마'였다.

"미안, 시험했어. 네 각오를 알고 싶었거든…… 미안해.
이것도 자기만족이지. 첫사랑인 소꿉친구를 미뤄놓으면서
까지 나카야마가 무슨 생각을 하는지 알고 싶었어. 그냥
그뿐이야……. 이제 나는 너희의 '러브 코미디'에는 관여하
지 않아."

두 손을 들고 항복하듯이.

그는 면목이 없다는 듯 말을 이어갔다.

"지금이라면 드디어 말할 수 있어. 시호가 좋아하게 된
사람이 너라서 다행이야. 나에게는 없는 다정함을 지닌 너
이기 때문에…… 그 애가 좋아하게 된 거겠지."

설마 류자키에게서 그 말을 들을 줄은 몰랐다.

패배가 분해서 나온 말도, 마음에 없는 말도, 비아냥도
아니다.

"많은 일이 있었지만. 시호를 걱정했던 건 사실이니까.
시호가 행복해질 수 있을 것 같아서 안심했어. 나카야마,

뒤는 맡기마. 시호를 행복하게 해줘. 싫겠지만, 내 마음도 너에게 맡긴다."

진심에서 나온 축복과 동시에 류자키는 천천히 걸어오더니…… 내 손을 잡았다.

악수. 아마도 만난 지 얼마 지나지 않았던 무렵, 시호와 처음으로 같이 점심을 먹었을 때도 이렇게 손을 붙잡혔다.

그때는 나를 내려다보고 있었다.

하지만 지금 류자키는 대등한 높이에서 내 손을 잡고 있다.

"그 대신 네 소꿉친구와 친구는 내가 행복하게 해줄 테니까 안심해. 아, 그리고…… 아즈사도 봐줘. 불안정한 구석도 있으니까 제대로 소중히 여기고."

"……네가 말하지 않아도 알아."

생각해 보면 류자키와 내 관계는 제법 복잡하다.

이 녀석과는 절대 친구가 될 수 없다.

이해하는 것도 무리. 왜냐하면 정반대의 존재니까.

하지만…… 서로를 인정할 수는, 있었다.

그래야 류자키 료마지.

흔들림 없는 확고한 '자아'라는 의지는 때로 다른 사람마저 삼켜버릴 만큼 폭력적이고, 그렇기에 매력적이기도 하다.

교실 구석에서 계속 너를 바라봤다.

자아가 없는 나에게 넌 정말로 눈 부신 빛이었다.

멋있다고 동경했다.

드디어 너와 같은 높이가 된 거라면…… 그건 정말로, 기쁜 일이야.

"뭐, 그렇게 됐다. 미안, 두 사람을 방해해서……. 슬슬 너무 추워서 죽을 것 같아. 우선 키라리와 유즈키의 이불에 기어들어 가서 뺨 맞아야지."

"……맞을 걸 알고 있으면 하지 마."

"너는 겁쟁이냐? 가슴이 거기에 있잖아. 도전하지 않으면 남자가 아니지."

마지막엔 바보 같은 소릴 하며 그 자리를 떠나갔다.

그 후엔 나와 리이가 남았다.

"나 참……."

한숨을 쉬며 어깨를 움츠렸다.

태풍 같은 녀석이다. 갑자기 와선 실컷 헤집어 놓고 만족하면 알아서 사라진다.

우선 리이에게 말을 걸려고 하려던 그 타이밍에.

"……깜짝이야."

리이가 먼저 말을 뱉었다.

"어, 그…… 잠깐 기다려, 진정할 테니까."

뒤돌아보자, 리이가 멍한 얼굴로 나를 바라보고 있었다.

가슴을 꾹 누르고 있다.

그러고 보면 아까부터 유난히 조용했는데…… 무슨 일

이지? 평소의 당찬 리이라면 조금 더 류자키에게 반박했을 법도 한데.

지금의 리이는 상태가 조금 이상해 보였다.

"왜 그렇게 놀랐어?"

"그, 그야! 코오타로가…… 뭔가, 남자다워졌어."

"남자답다고? 평소와 똑같았는데."

딱히 아무런 의식도 안 했다.

하지만 리이는 내 변화를 느낀 모양이다.

"아니, 달라. 평소의 코오타로가 아니었어……. 단호하고, 든든하고, 옆에 있으면 안심되고——진정돼."

나는 그 녀석 앞에서만은 도저히 감정을 억누르지 못하게 된다.

그런 일면을 보고 놀란 건지도 모른다.

"드디어 알겠어. 응…… 코오타로는 괜찮구나. 너, 단단하네."

"그런가? 그렇게 말해주면 기쁘지만."

"그래. 그러니까 문제가 있는 건…… 시모츠키야."

마치 어려운 문제의 정답을 찾아낸 것처럼.

리이가 확신을 가진 듯 단호하게 말을 이어갔다.

"계속 마음에 걸렸어. 너와 시모츠키가 사귀지 않는 원인을……. 누가 문제인 건지 살펴봤지. 둘 다 문제인 줄로만 알았는데 너는 아니야. 나카야마는 괜찮아. 두 사람의 관계가 정체된 건 시모츠키 때문이야."

그 말을 당연히 부정하려고 했다.

하지만 리이가 그걸 허락하지 않았다.

"이제 휘둘리지 않아. 그렇게 항상 네가 시모츠키를 감싸니까 간파하지 못했던 거라고. 됐어. 이 이야기는 일단 끝."

고개를 홱 돌리고.

이제 이 이상은 대화할 마음이 없다는 걸 보여주는 리이.

이렇게 되면 나는 아무 말도 할 수 없었다.

"……엣취."

불현듯 의외로 귀여운 재채기가 들렸다.

벌써 밤도 늦었다. 내일도 일찍 일어나야 하니 무리하지 않아도 괜찮겠지.

"슬슬 돌아갈까."

그렇게 말하고 리이에게 등을 돌렸다.

앞장서서 여관으로 돌아가려고 했지만…… 갑자기 소매가 잡아당겨졌다.

시선을 옮기자, 리이의 손가락이 나를 잡고 있었다.

"어라? 리이?"

무슨 일일까 이름을 불렀다.

영락없이 아직 무언가 하고 싶은 말이 있는 줄로만 알았는데…… 그런 건 아니었던 모양이다.

"…………어?"

내가 말을 걸자, 어째서인지 그녀는 고개를 갸웃거렸다.

"아니, 손이……."

내 옷자락을 잡고 있기 때문이라며 손가락질했다.

그러자 리이는 그걸 보고…… 당황하며 홱 손을 놓았다.

"어, 어? 아니, 이건, 그…… 왜?"

"아니. 왜는 내가 할 말이지."

"아니야! 잡을 생각은, 없었는데…… 무의식중에!"

뭘 그렇게 당황하는 걸까.

횡설수설하는 리이를 보고 나도 고개를 갸웃거렸다.

이대로는 끝이 없다고 생각한 건지.

"아무튼 가자! 아무것도 아니니까!"

리이가 강제로 대화를 끊고 걸어갔다.

의도적으로 쿵쿵거리는 발걸음으로 감정을 숨기듯이.

이유를 물어보려고 했지만, 그 질문도 무시당할 것 같다.

하다못해 표정이 보인다면 막연하게나마 무슨 생각인지 알 수 있었을 텐데.

하지만 앞을 보며 빠르게 걸어가는 그 얼굴은 보이지 않았다.

제8화
❄ 해피 엔딩

『딸깍.』

코타로의 스위치가 눌리는 소리. 그게 들린 듯한 착각이 들었다.

본인은 이미 의식조차 하지 않는 인격 전환.

평소의 온화한 코타로에게선 상상도 할 수 없을 만큼 늠름한 일면은 쉽게 볼 수 없는 희귀한 모습이다.

역시 료마는 좋다니까.

몰락해서 부적합 낙인이 찍혔다지만, 시호와 맞먹는 '특별함'을 지니고 있었던 사람다워.

다른 사람에게 주는 영향력이 강하다.

덕분에 얼간이 시호에게 물들어서 둔해져 있던 코타로의 의식이 각성했다.

자, 여기서부터는 '주인공'의 시간이다.

해결되지 않은 문제와 회수되지 않은 복선을 모두 정리하자고.

그 첫걸음으로 코타로…… 망할 영감과 쿠루리를 도와줘.

그러기 위한 밑밥은 뿌려두었으니까.

나는 물론이고 지금은 세상이 네 편이야.

코타로의 의사가 세계를 결정하지.

주인공만 지닐 수 있는 권능. 네 행동이나 선택은 모조리 추진력이 되어줄 거야.

『편의주의.』

그건 썩 듣기 좋은 단어가 아닐지도 모른다.

실제로 료마는 자기와 관련된 일에만 그 권능을 활용했다. 덕분에 많은 부조리가 발생했고, 여러 명의 캐릭터가 뒤틀려서 불행해졌다.

다만 그 정반대의 존재인 코타로는 다른 사람을 위해서만 그 권능을 사용할 수 있다.

아니, 다른 사람을 위해 편의주의를 발동시킬 수 있는 희귀한 주인공으로 각성했다.

료마는 '자기가 행복'하다는 결말밖에 만들지 못하는 주인공이었다.

반면 코타로는 '다른 사람이 행복'하다는 결말을 만들 수 있는 주인공이다.

확실히 구멍이 많을지도 모른다. 개연성을 억지로 이어 붙이기도 하고, 우연이 너무 많이 일어나고, 너무 상냥한 세계라서 웃어버릴지도 모른다.

하지만 그 너머에는 코타로가 바라는 '모두의 행복'이 기다리고 있다.

다정한 주인공의 활약을 지켜봐 줄게.

두근거려. 엑스트라가 마침내 여기까지 왔으니…… 흥

분이 가라앉지 않아.

『아리메. 빨리 와, 시프트 있어.』

『야.』

『인마.』

『무시하지 마.』

『읽은 거 알거든?』

조금 전부터 메시지 앱이 시끄럽지만 그건 전부 무시했다.

치리, 지금은 메이드 노릇을 하고 있을 때가 아니야. 모에모에 큥 같은 주문을 걸어줄 만큼 나는 한가하지 않다고.

최고의 스토리가 만들어지려 하고 있다.

그 결말이 마침내 코앞까지 다가왔다.

그러니까 나는 아르바이트를 빠지겠어!

나는 그가 훌륭하게 모든 문제를 해결하는 전개를 계속 기대하고 있었으니까.

◆

이렇게 즐거운 온천여행은 끝났다.

리이와 밤 산책을 한 뒤 방으로 돌아와 바로 잠들고……
아침에 눈을 뜨니 내 이불에 시호가 들어와 있었다는 해프닝이 일어났지만, 그것 말고는 별다른 사건도 없이 우리는 집으로 돌아왔다.

"그러면 월요일에 보자."

"응! 쿠루리 언니, 고마워!"

"바이바이, 쿠루리. 내일 봐~."

"……네 집은 여기가 아니잖아. 어서 타. 집에 도착할 때까지가 여행이라고."

리무진으로 나카야마 가에 도착하자 어째서인지 같이 내리려고 하는 시호를 리이가 혼냈다.

그대로 차로 끌려간 시호에게 손을 흔들며 해산한 게 오후 2시.

조금 늦은 점심을 먹고 짐 정리를 하자 순식간에 저녁이 되었다.

저녁은 뭘 먹을까……. 평소에는 만들어 먹지만 이러니저러니 해도 여행 때문에 피곤하니까 뭔가 테이크아웃이라도 할까.

그렇게 생각하고 밖으로 나왔다. 조금 걸어가면 패스트푸드점이 있으니 거기서 저녁을 살 생각이었다.

……그러고 보면 오늘은 아무래도 없겠지?

문득 리이가 생각나서 공원에 들러봤다.

항상 앉아있던 그네에 그녀의 모습은 없었다.

'뭐, 그렇겠지. 문병도 월요일에밖에 못 가고…… 어? 일주일 동안 면회하지 못한다는 건…… 오늘이라면 혹시 가능할지도?'

잇테츠 씨는 일요일에 수술하고 면회 사절을 걸었다고
했었다.

그렇다면 오늘이 딱 일주일째다. 면회도 할 수 있게 되
었을지도 모른다.

'혼자서 가도 괜찮을까? 으음……'

리이가 없다면 의미가 없으려나.

아니, 하지만…… 밑져야 본전이지.

만약 병문안할 수 있게 되었다고 해도 나를 환영하지 않
는다는 건 안다. ……하지만 어쩐지 잇테츠 씨를 만나고
싶어서 병원에 들렀다.

그러고 보면 오늘은 유난히 머리가 맑다. 몸 상태가 좋
은 걸까?

요즘 너무 깊이 생각해서 고민하는 일도 많다 보니, 오
랜만에 느끼는 감각이었다.

그렇게 병원에 도착. 접수처에서 잇테츠 씨를 문병하러
왔다고 전달했다.

"쿠루미자와 님 말씀인가요…… 아, 오늘까지는 불가능
으로 되어있는 모양입니다."

역시 안 되나.

접수처 직원이 컴퓨터 화면을 바라보며 고개를 저었다.

"그렇군요. 감사합니다."

"아뇨, 천만에요. ……가족분이신가요? 만약 그렇다면

사전에 연락이 가지 않았던가요?"

접수처 직원이 의심스럽다는 듯 나를 보고 있었다.

"쿠루미자와 님의 면회는 친척까지만 허락이 나와 있습니다. 일단 신분증을 보여주실 수 있을까요?"

"어, 그게. 친척은 아닌데요⋯⋯ 네, 음. 우선은 여기요."

지금 상황에선 무슨 말을 해도 변명이 될 것 같다.

우선 신분증을 보여줘서 떳떳한 사람이라는 걸 증명하고 싶다. 그런 의도로 학생증을 건넸다.

"나카야마⋯⋯ 나카야마?"

내 이름을 보던 직원이 퍼뜩 고개를 돌려 컴퓨터 화면을 응시했다.

"본래대로라면 쿠루미자와 님은 오늘까지 면회할 수 없다고 되어있지만⋯⋯ 나카야마 코타로 님은 문제없다고 비고란에 적혀있습니다."

"네? 어, 어째서요?"

"⋯⋯이유는 모르지만, 허가는 나와 있는 모양이네요. 실례했습니다. 나카야마 님, 면회하시겠어요? 만약 희망하신다면 이 용지를 채워주세요."

대체 뭐가 일어나고 있는 걸까.

사정은 잘 모른다. 하지만 이건 기회다. ⋯⋯무언가 목적이 있는 건 아니지만 어쩐지 잇테츠 씨와 꼭 대화하고 싶었다.

그래서 용지에 필요 항목을 작성한 뒤 면회 허가증을 받았다.

전에도 온 적이 있어서 장소는 안다. 막힘없이 곧장 걸어가자, 어째서인지 문이 열려 있었다.

노크하기 전에 병실을 들여다보는 건 내키지 않지만……이렇게 되면 어쩔 수 없지.

너무 놀라지 않도록 천천히 들여다봤다.

물론 바로 말을 걸려고 생각했었지만.

"…………어?"

당황했다.

왜냐하면 병실에 있던 건…… 78살이라는 나이로 보이지 않을 만큼 패기가 넘치는 노익장이 아니었다.

그곳에는 할아버지가 있었다. 그는 침대 위에 앉아있었다.

수첩을 보고 생각에 잠긴 건지 내가 온 걸 알아차린 기색은 없다.

안다. 바로 말을 거는 게 낫다는 것쯤은.

하지만 지난번에는 그렇게 강하게 보이던 거한이 지금은 작아 보여서…… 정말 같은 사람인 건지 알 수 없을 만큼 달랐다.

"음…… 애송이? 왜 여기 있는 거지?"

아무 말도 하지 못하고 우두커니 서 있었더니 잇테츠 씨가 먼저 내 방문을 알아차렸다.

나를 보고 신기하다는 듯 고개를 기울이고 있다.

"우선 문 닫아라……. 늙은이에게는 좀 춥다."

"아, 죄송합니다!"

당황하며 문을 닫았다. 그러자 안심한 건지 잇테츠 씨는 다시 수첩으로 시선을 떨궜다.

"간호사가 칙칙한 공기를 환기한다면서 문을 열어놨는데…… 닫는 걸 잊어버리고 다른 곳에 가버렸어. 1월인데 말이야. 굳이 환기할 필요 없다고 생각하지 않느냐?"

"……그랬군요."

"음. 그렇지 않으면 너 같은 녀석을 병실에 들이지 않았지. 노크한 시점에서 쫓아냈을 거다. 흥."

겉모습은 전에 비교해 어딘가 약해 보였다.

물론 그렇게 예리하던 안광도 그늘져 있었다.

지금의 잇테츠 씨는 어디에나 있을 법한 78세 노인이었다.

"그래서 왜 왔지? 오늘까지는 면회 사절로 해놨을 텐데. 그 탓에 방심했잖아."

"그건 저도 모르겠어요. 어째서인지 저만 면회가 허가되어 있더라고요."

"……호오? 그래, 그렇군. 그 여우…… 아니, 괴물의 짓인가. 뒤에서 수상한 짓이나 꾸미고, 그 괴동은 목적이 뭔지. 늙어서 앞날도 길지 않은 나를 건드는 이유를 말해봐라."

"여우? 괴물? 괴동?"

갑작스러운 단어가 나와서 당황했다.

그런 내 반응을 보고 잇테츠 씨는 쓴웃음을 지었다.

"손을 잡은 건 아닌 건가. 흠, 너도 피해자구나……. 잊어라."

탁한 붉은색 눈동자는 지금도 수첩을 향하고 있다.

그러고 보면 전에도 수첩을 보고 있었다. 그때는 유언을 쓴다고 말했지만…… 펜이 보이지 않으니 실제로 유언이 맞는지는 알 수 없었다.

"그렇게 빤히 쳐다보는 거 아니다. 섬세함이 부족한 녀석이구만."

"죄, 죄송합니다."

지적을 받고 황급히 시선을 돌렸다.

그제야 지난번에는 없었던 링거가 있다는 걸 알아차렸다.

역시 일주일 전에 비하면 약하게 느껴진다.

내가 그렇게 느끼는 걸 잇테츠 씨는 알아차린 건지. 물어보지도 않았는데 상황을 대답해주었다.

"놀랐나? 손녀 앞에서는 그렇게 기운이 넘쳐 보였는데 지금은 삼도천을 건널락 말락 하는 그냥 늙은이지? 딸…… 쿠루리의 엄마도 자주 그러더군. 나는 아무래도 손녀 앞에서만은 정력적인 '망할 영감탱이'일 수 있는 모양이야."

쉰 목소리를 듣고 간신히 이해했다.

그렇구나……. 역시 이 사람은 리이의 할아버지다.

둘 다 고집부리는 게 똑같다.

"의식적으로 하는 건 아니지만 말이야. 에휴…… 그 애뿐이야. 지금 나를 불쌍해하지 않고 매도해 대는 바보 녀석은…… 쿠루리밖에 없지. 정말 너무 귀엽다니까."

그래서 잇테츠 씨는 손녀에게만은 걱정을 끼치지 않으려고 무리해서 건강한 척했던 모양이다.

"갑자기 방문해서 죄송합니다."

"그러게나 말이다. 덕분에 손녀의 남자친구에게 보여주고 싶지 않은 모습을 보여주고 말았잖냐. 반성하고 돌아가. 내일은 쿠루리와 같이 올 거지? 그때는 지난번처럼 '망할 영감'으로 변해있으마. 기대하라고."

변함없이 쌀쌀맞은 태도다.

쫓아내려고 하지만, 나는 아직 돌아가고 싶지 않았다.

"……아뇨, 조금만 더 대화해주세요."

"나는 할 말 없다. 애초에 이런 다 늙은 영감에게 뭘 물어보고 싶길래? 뭘 주장하고 싶은데? 아니, 뭐든 상관없나……. 지금은 싸울 마음도 안 들어. 애초에 그럴 기력이 없으니까, 내일 해라."

"싸우고 싶은 게 아니에요. 지금의 잇테츠 씨와 대화하고 싶습니다. 리이…… 그러니까, 손녀 앞에서는 어차피 고집부리실 거잖아요?"

있는 그대로 본심을 전했다.

그러자 잇테츠 씨는 수첩에서 시선을 들었다.

"딱히 고집부린 적 없는데?"

"솔직하지 못한 건 손녀와 똑같으시네요."

"……역시 닮아버렸구나."

내 말에 잇테츠 씨는 어깨를 으쓱했다.

포기한 듯 한숨을 쉬고 다시 수첩으로 시선을 내렸다.

"나와 대화하고 싶다는 건 사실인 모양이군. 거짓말을 하는 것처럼 보이진 않아……. 그나저나 애송이. 전에 비해 꽤 성숙해졌는데?"

"……지금의 저는 달라 보이나요?"

"그래. 그때는 무언가가 되지 못하고 흉내만 내는 '모조품'이라고 느껴졌지만…… 애들은 성장이 참 빠르다니까. 지금의 너는 '진짜'구나."

어쩌면 온천여행…… 아니, 더 정확하게 말한다면 류자키와 대화한 게 계기인 걸까. 그러고 보면 그때 이후 유난히 머리가 잘 돌아간다.

고민이 사라져서 후련해졌다? 아니, 망설임이 사라진 건지도 모른다.

어쨌거나 상태가 좋다. 그걸 잇테츠 씨가 간파하고 있었다.

"어쩔 수 없지. 딱 하나 질문을 허락하마. 하나뿐이야. 그 이상은 내 체력이 못 버텨. 심술부리는 게 아니라는 걸 이해해라."

"네, 감사합니다."

역시…… 잇테츠 씨는 리이가 말하는 '꽉 막힌 영감'이
아니다.

아니, 그녀 앞에서는 그렇게 보이지만 본질은 역시 아닌
느낌이 든다.

말이 통한다. 리이 앞에선 이야기조차 하지 못했는데 지
금은 내 이야기에 귀를 기울여주고 있다.

절호의 기회였다.

잇테츠 씨의 본심을 아는 건 지금뿐이다.

"그래서, 뭘 물어보려고 왔냐?"

무언가 구체적인 목적이 있어서 온 건 아니다.

막연히 잇테츠 씨가 마음에 걸려서 들렀을 뿐이다. 용건
이 있던 것도 아니라서 준비한 것도 없었다.

그래서 지금 내가 입 밖에 내놓은 말은 충동적으로 나온
말이었다.

"잇테츠 씨는 왜 손녀를 그렇게 애지중지하시는 거죠?"

한 번 더 말하겠다.

무언가 의도가 있어서 한 말이 아니다.

전부터 계속 궁금했던 것도 아니다.

그냥 문득 알고 싶어진 것뿐…… 깊은 의미는 없다.

하지만 그 질문에 잇테츠 씨는——표정이 바뀌었다.

"……하필이면 가장 듣고 싶지 않은 질문을 하다니."

"네? 앗, 죄송합니다. 대답하고 싶지 않으시다면 안 하셔도……."

"상관없어. 딱 하나 질문을 허락한다고 말한 이상은 약속을 지켜야지."

조금 전까지 어딘가 희박했던 잇테츠 씨의 의식에 불꽃이 피어올랐다.

"——후회하기 때문이다."

말에서 강한 감정이 묻어났다.

"젊을 때, 내가 아직 미숙하던 시절이었지만 자식 복이 있었지. 쿠루리 엄마를 말하는 게 아니고. 그 녀석의 오빠인 첫째 얘기야……. 당시 나는 환희했지. 쿠루미자와의 후계자가 태어났다고, 그렇게 생각했어."

목소리가 떨린다.

본심에서 나오는 감정이 문장을 엮어낸다.

"지금 생각해 보면 그건 잘못이었지. 아이의 의사 같은 건 상관없이 내 아들인 이상 반드시 쿠루미자와의 차기 가주가 된다고 생각했지. 정말 못난 부모였다……. 나는 자식이 생겨도 될 만큼 인간으로서 성장하지 못했던 거야."

"성장이라니요……?"

"고작 스물 정도의 미숙한 인간에게 육아는 너무 일렀단 뜻이다."

아이에게 부모라는 존재는 절대적이다.

틀린다는 건 말이 안 된다. ……그렇게 멋대로 믿고 있었지만, 아니다.

부모도 사람이다.

실패도 한다.

"착한 아이였어. 감수성이 풍부하고, 눈물이 많고, 정이 많고…… 내 자식처럼 보이지 않을 만큼 '따뜻함'을 지니고 있었지. 지금 생각해 보면 그건 장점이었지만…… 그때는 그게 '단점'이라고만 생각했지. 비즈니스에서 감정은 필요하지 않으니까."

……그러고 보면 리이도 비슷한 말을 했었다. 성가신 집안에서 태어났다고.

잇테츠 씨도 그 피해자인 건지도 모른다.

"너무 순진해서 속기 쉬운 성격을 고치라고 몇 번이고 혼냈지. 엄하게 지도해서 쿠루미자와에 걸맞은 인간으로 키울 생각이었지만…… 그 애의 다정함은 하늘이 내려준 거였어. 사라지지 않았지. 점점 그 애가 시야에 들어오기만 해도 화가 나더군. 내 생각대로 자라지 않는 그 애를 받아들일 수 없었어."

그게 후회인 거겠지.

잇테츠 씨는 과거에 저지른 잘못에 짓눌려 있다.

"그래서 버렸다. 부자의 인연을 끊고 먼 친척에게 맡겼지…… 당시엔 아무렇지도 않았어. 오히려 그 애를 위한 일이라는 착각마저 했었지. 쿠루미자와에서 살아남기에는 너무 약한 아이라고 생각했다."

"…………."

아무 말도 할 수 없었다.

그 선택이 틀렸다는 건 막연히 알 수 있었다. 그걸 비난하기에는…… 잇테츠 씨가 너무 괴로워 보였기 때문이다.

"그 후로 20년 정도가 지났고, 마흔을 넘겨서 둘째가 태어났지. 쿠루리의 엄마였어…… 그 시기엔 나도 조금씩 안정되었지. 내 말은 하나도 듣지 않는 말괄량이를 키우고, 데릴사위를 들이고, 손녀가 태어나고…… 10년 전이었던가. 큰 병을 앓고서 생사를 헤맸다."

그리고 리이의 이야기가 나왔다.

대체 어째서 잇테츠 씨가 리이를 애지중지하는지…… 그 이유가 지금부터 밝혀지려 하고 있었다.

"가까스로 목숨을 건지긴 했지만, 이 일을 계기로 나는 비로소 인생을 돌아보게 되었다. 그간 못 본 척했던 과거의 죄와 마주 볼 수 있었지. 물론 용서를 바라지는 않았다. 그냥, 건강하게 지내는지…… 그게 궁금했지."

"연락이 안 되는 건가요?"

"⋯⋯마음만 먹는다면 할 수 있을지도 모르지. 양자를 맡긴 집안과는 아직 교류하고 있으니까. 하지만 용기가 나지 않았다. 나는 그 애와 대화할 권리조차 없으니까."

『그렇지 않아요. 친자식이니까 분명 잇테츠 씨의 연락을 기뻐할 게 틀림없어요!』

격려의 말을 전하는 건 간단하다. 하지만 내가 그렇게 말해봤자 의미가 없다.

왜냐하면 잇테츠 씨를 가장 용서하지 못하는 건 바로 본인이니까.

나는 아무 말도 할 수 없고, 잇테츠 씨도 위로의 말을 원하지 않는다.

"내 나름의 속죄다. 쿠루리를 예뻐하는 건⋯⋯. 하다못해 손녀 정도는 행복하게 해주고 싶었다. 그 애를 불행하게 만든 것만으로 이미 충분하다. 더는 아이에게 상처를 주고 싶지 않아. 그냥 그뿐이다."

"⋯⋯그렇다면 왜 손녀 앞에서는 고집을 부리시는 건데요?"

하지만 지금 발언을 말없이 넘기는 건 어려웠다.

"더 솔직하게 그 사랑을 전해주세요⋯⋯. 리이도 잇테츠 씨를 사랑한다고요. 걱정하고 있는데 왜⋯⋯."

"──내가 죽으면 슬퍼할 거 아니냐."

조용한 대답이었다.

하지만 그 한마디에 가슴이 미어졌다.

숨겨놓았던 마음의 크기에 숨이 막혔다.

"이제 내가 살날은 그리 많지 않아⋯⋯. 10년 전에 앓았던 병은 완치한 게 아니었어. 곧 이 몸은 뼈가 되겠지. 그렇게 되면 쿠루리는 분명 괴로워할 거 아니냐. ⋯⋯조금이라도 그 고통을 가볍게 해주고 싶다. 그러기 위해서라면 미움받든 원망받든 상관없어. 쿠루리의 마음이 조금이라도 편해진다면⋯⋯."

잇테츠 씨가 나를 인정하지 않는 것도, 리이에게는 고집을 부리는 것도 일부러 '망할 영감탱이'로 행동하는 것도⋯⋯ 전부 그런 이유인 모양이다.

"하지만⋯⋯!"

리이는 그걸 바라고 있을까.

잇테츠 씨를 그렇게 좋아하는데 싫어할 수 있을까.

그렇게 반론하고 싶었다.

하지만⋯⋯ 그 말을 가로막듯이 잇테츠 씨가 갑자기 기침을 쏟아냈다.

"콜록, 콜록⋯⋯!"

심한 기침이었다. 들고 있던 수첩이 떨어질 정도였다.

"잇테츠 씨?!"

몸이 앞으로 훅 꺾인다. 안색이 갑자기 나빠져서 허둥지둥 달려갔다.

옆에서 부축하며 너스콜을 잡았다. 그대로 버튼을 누르려고 했지만…… 살며시 손을 붙잡혔다.

"안 돼. 아직, 일러……. 내일, 까지는."

리이를 만날 때까지는.

마치 인생 마지막 만남인 듯 각오가 깃든 눈동자가 쳐다보자…… 움직임이 멈췄다.

"망할 영감에게는, 망할 영감 나름의 고집이 있는 거다. 젊은이……. 이해하라곤 안 해. 그러니까, 못 본 척해라. 부탁이다……. 앞으로 한 번만, 손녀의 얼굴을 보여줘."

지금 너스콜을 누르면 어떻게 될까?

설마 이대로 면회가 금지되는 일이 일어나는 건가?

몸 상태가 너무 안 좋아서 면회할 상태가 아니라는 의사의 판단에 리이와 잇테츠 씨가 평생 만나지 못하게 되는…… 그런 가능성은 한없이 낮다고 본다.

하지만 제로는 아닌지도 모른다.

그 불안과 잇테츠 씨의 각오에 넘어갔다.

천천히 너스콜 버튼에서 손을 뗐다.

"그래. 그러면 돼……. 너 때문이 아니야. 애송이는 아무 잘못 없어. 고맙다."

"윽……!"

힘없는 모습을 똑바로 바라볼 수 없어서 시선을 떨어트렸다.

그곳에는 잇테츠 씨가 조금 전에 떨어트린 수첩이 있었다.

그리고 하나 더…… 빛바랜 사진도 있었고, 거기에 눈길이 갔다.

그래. 잇테츠 씨가 계속 보고 있던 건 이 사진이구나.

아마도 수첩에 끼워 넣고 항상 바라보고 있었겠지.

"이 사진이 아드님이세요?"

"……질문은 하나뿐이라고 했을 텐데."

잇테츠 씨는 대답하지 않았지만 아마 그럴 테지.

아직 조금 힘들어 보이는 잇테츠 씨 대신 사진과 수첩을 주웠다.

딱히 일부러 보려고 한 건 아니다.

하지만 손에 쥘 때 사진 속 인물의 얼굴이 보였다.

빛이 바래긴 했지만 알 수 있다. 거기에는 미소년이 찍혀 있었다.

나이는 지금의 나와 별로 다르지 않은 모양이다.

머리카락은 검은색. 하지만 눈이 특징적이었다. 파란 눈동자가 무척 아름답……?!

'어?!'

한 번 더 사진을 빤히 쳐다봤다.

왜냐하면 너무나…… 기시감이 느껴졌으니까.

눈동자 색만이 아니다. 얼굴도 어딘가 그 애의 흔적이 보이는 느낌이었다.

"……돌려줘."

잇테츠 씨가 바로 가져가는 바람에 차분히 뜯어보지는 못했다.

하지만 역시 맞아!

"저기……."

바로 알아차린 걸 알려주려고 했다.

하지만 잇테츠 씨는 이미 나를 봐 주지 않았다.

"대화는 끝내지 않겠냐? 더는, 힘들어…… 돌아가."

기분이 상한 건 아닐 것이다.

그저 힘들어하고 있으니, 체력적인 문제라는 걸 알아차렸다.

이 이상 동요하게 만드는 말은 할 수 없으니…… 지금은 비밀로 하자.

"네. 내일 또 오겠습니다……. 감사합니다."

순순히 따르면서 감사의 말을 전했다.

"…………."

하지만 잇테츠 씨는 아무 말도 하지 않고 누웠다.

이대로 잠드는 건지도 모른다. 방해되지 않도록 나도 돌아가자.

"실례했습니다."

꾸벅 머리를 숙이고 병실 문을 열었다. 떠나기 전, 한 번 더 침대 쪽을 보자 역시나 아드님의 사진을 소중히 움켜쥐고 있었다.

◆

돌아가는 길.

문득 등 뒤에 있는 병원을 돌아보고 잇테츠 씨의 병실이 있는 층을 올려다보았다.

당연히 여기서는 안의 모습이 보이지 않는다.

'잇테츠 씨가 처음으로 큰 병을 앓았던 게 약 8년 전……. 내가 리이를 만난 것과 거의 같은 시기야.'

어쩌면 전에도 잇테츠 씨는 이 병원에 있었던 걸까.

이 근방에선 가장 큰 의료시설이니 가능성은 크다. 나도 태어났을 때 신세졌다고 한다.

즉 당시 리이도 잇테츠 씨의 용태를 지켜보기 위해 여기에 있었던 건지도 모른다.

그리고 몇 년 정도 지나 퇴원한 뒤에는 리이도 같이 이사……. 그렇게 생각하면 여러모로 앞뒤가 맞는다.

'그 시절에도 너는 자기 일로 힘들었을 텐데…… 내 걱정을 해주었던 거구나.'

주먹을 꽉 쥐었다.

다시금 그녀의 다정함을 느끼고…… 리이를 도와주고 싶다는 마음이 더 강해졌다.

이렇게 다정한 사람이다. 분명 잇테츠 씨를 진심으로 싫어하지 못할 테고, 그런다고 고통이 경감될 리도 없다.

미움받음으로써 타인을 구한다.

과거 나카야마 코타로도 자주 그런 짓을 했었다.

그런 자기희생적인 행위를 솔선해서 저지르는 인간이다. ……때와 상황에 따라서는 이게 최선이 될 수 있다는 걸 안다.

하지만 이번엔 그게 어려운 상황이다.

왜냐하면 잇테츠 씨는 리이에게 그저 사랑하는 할아버지니까……. 과거에 잇테츠 씨가 보인 자상함을 그녀가 잊을 수 있을 리가 없다.

'하지만 내가 돕는다면…… 잇테츠 씨의 마음을 헤아릴 수도 있어.'

막연히 알 수 있다.

나카야마 코타로가 잇테츠 씨의 뜻대로 움직인다면……리이는 사랑하는 할아버지를 싫어할 수 있게 되고 만다.

그녀는 내 일이면 쉽게 감정적으로 변한다.

그걸 이용해서 잇테츠 씨가 내 악담을 말하도록 몰아가면 된다.

그러면 분명 리이는 격노하며 잇테츠 씨를 미워하게 되겠지……. 내 행동에 따라 그런 미래도 만들 수 있다.

하지만, 죄송합니다.

잇테츠 씨……. 저는 당신의 편이 될 수 없어요.

'그런 결말을 아무도 바라지 않아.'

나는 신이 아니다. 그러니까 잇테츠 씨의 병을 완치시킬 수는 없다.

그래도…… 만약 최악의 사태가 일어난다고 해도.

'리이와 잇테츠 씨가 행복한 게 제일 좋아.'

지금의 나에겐 그런 선택도 할 수 있을 것 같은 느낌이 들었다.

'내가 해야 할 일은——.'

침착하게 생각을 정리했다.

신기하게도 머리가 맑았다. 지금까지 얻은 정보와 오늘 얻은 정보를 통합해서 정리하고, 분석하고, 예측하고…… 흐름을 만들었다.

모두가 행복해지는 이야기를.

나 나름대로 해피 엔딩의 시나리오를 구축해 봤다.

지금까지는 누군가가 시키는 대로 따르기만 했다. 메리 씨에게 창조력이 없다는 말을 들은 적도 있다. ……하지만 지금은 달랐다.

"좋아."

생각은 몇 분 정도로 끝났다.

문득 발을 멈추고 하늘을 올려다보았다. 완전히 캄캄해졌지만…… 구름 하나 없는 덕분에 별이 잘 보였다.

나는 별(호시)을 좋아한다.

왜냐하면 좋아하는 사람의 이름을 거꾸로 한 이름이니까.

'시호……. 이번에는 네 힘도 필요해.'

잇테츠 씨는 그녀를 보면 어떤 반응을 보일까?

상상도 안 가지만, 부디 기뻐하기를 기도하며…… 나는 천천히 걸어 나갔다.

◆

──그리고 다음 날.

학교를 마치고 드디어 문병하러 가는 시간을 맞이했다.

"저기…… 코오타로, 잠깐 괜찮아?"

병원으로 향하던 도중 우리는 항상 모이는 공원에 들렀다.

리이가 무언가 하고 싶은 말이 있는 모양이었다.

"오늘도 안 되면 애인으로 인정받는 건 포기하자."

그네에 앉은 리이가 툭 중얼거렸다.

"……왜 그런지, 물어도 돼?"

"생각했던 것보다 할아버지의 병세가 무거운가 봐……. 그래서 면회할 수 있는 시간이 줄어든대. 엄마가 가르쳐줬어."

오늘 하루 그녀의 표정은 계속 어두웠다.

무거운 얼굴이었기에 무슨 일이 있을 줄은 알았지만, 그렇구나.

이젠 잇테츠 씨의 상태를 숨길 수 없게 된 건가.

"그래……."

어제 시점에서 알고 있었던 일이기에 그다지 놀랍지는 않았다.

다만 잇테츠 씨를 만난 건 그녀에게 말하지 않았기에, 우선 고개를 끄덕이고 상황을 지켜보았다.

"치료에 전념하기 위해 의사 선생님이 '꼭 필요한 게 아닌 방문은 자중해달라'고 한 모양이야."

……이건 잇테츠 씨의 거짓말이다.

대충 알 수 있었다.

아마 리이의 어머니는 잇테츠 씨의 의견을 존중해서 약해진 모습을 손녀에게 보여주지 않으려고 일부러 저렇게 말한 것 같은 느낌이 든다.

뭐, 어쨌거나 오늘 이후로 리이는 잇테츠 씨와 만날 기회가 줄어든다.

그렇다면 더욱…… 그녀가 솔직해질 필요가 있다.

"하지만 아직 회복의 여지는 있어. 그런 게 아니면 이상한걸……. 내 앞에서는 그렇게 기운이 넘치니까. 금방 건강해질 거야…… 그렇지?"

아마 리이도 눈치채고 있다.

긍정적인 말을 입에 담고는 있지만 그건 허세로밖에 보이지 않는다. ……표정이 계속 어두우니까.

"그러니까 오늘이 마지막이야. 뭐, 최악의 경우엔 포기할 거지만…… 아니, 오늘 인정하게 만들면 그만이지. 아직 가능성은 있어."

평소보다 리이의 말수가 많다.

불안을 덮으려고 하는 걸까……. 유난히 말이 빠르고 조급해하는 것처럼 보이기도 했다.

"실은 작전이 있어. 들어줄래? 그러니까…… 할아버지가 내 자식을 볼 수 있을지도 모른다고, 그렇게 생각하게 하려고. 코오타로도 내 말을 부정하지 말고 들어줘. 그러면 아마 기운이 날 거야."

"……알았어."

동의는 했다. 하지만 이미 그 작전의 결말은 보였다.

아마도 흘려듣고 끝날 것이다. 애초에 잇테츠 씨는 리이의 장래를 걱정하는 것 이상으로 지금을 걱정하니까.

자신이 죽어서 손녀가 상처받는 걸 무엇보다 두려워한다.

그러니 아마 리이의 발언은 부정당한다. 그래서 싸우게 되고, 평소처럼 서로를 욕하고, 솔직해지지 못한 채 오늘이 끝난다.

그리고 이대로…… 두 사람은 소원해진다.

아무것도 하지 않으면 그렇게 되겠지.

하지만 내가 막을 거다.

"리이, 할 말이 있는데."

"……뭔데?"

내 분위기가 평소와 다르다는 걸 알아차린 걸까.

그녀를 흔들던 리이가 바닥에 발을 딛고 멈췄다.

짙은 붉은색 눈동자는 나를 똑바로 바라보고 있다. 그 시선을 정면에서 받으며…… 나는 그녀에게 손을 내밀었다.

"손, 잡아."

"어? 왜, 왜?"

"아무튼…… 조금만 참아줘."

"따, 딱히 싫은 건 아니니까."

당황한 듯 그녀가 내 손을 잡았다.

이렇게 손을 잡는 게 몇 번째일까?

어릴 때는 자주 손을 잡아주었다.

밤길을 무서워하던 때, 어머니에게 혼나서 겁먹었을 때 리이는 나를 격려하려고 '주문'을 걸어주었다.

구원이었다.

그 주문이 없었다면 나는 계속 울보인 채였을지도 모른다.

그러니까 이번에는…… 내가 그녀를 구할 차례다.

"…………."

"코오타로? 저기, 이유를……."

리이는 당황하고 있었지만 아랑곳하지 않고 말없이 계속 붙잡았다.

대략 1분 정도 지났을까.

"좋아, 이제 괜찮아."

그제야 손을 놓자…… 리이는 어리둥절한 표정을 지었다.

"뭐가 괜찮은데?"

"'주문'을 걸었으니까."

그 단어에 리이의 눈이 크게 떠졌다.

"그거…… 내가 옛날에 자주 했던 거?"

역시 기억하고 있었던 모양이다.

"참고로 효과는?"

"'오늘만 솔직해지는' 주문이야."

츤데레에다 고집이 센 점도 네 매력이라는 건 안다.

하지만 말로 하지 않으면 전해지지 않는 것도 많이 있다.

"감정이 흥분되거나 분노해서 이성을 잃어버릴 것 같으면 내 주문을 떠올려……. 잇테츠 씨 앞에서도 부디 솔직한 '쿠루리'로 있어 줘."

진심에서 우러난 말이었다.

그러자 리이는…… 허를 찔린 듯 멍하니 입을 벌렸다.

"처음으로 이름을 불린 것 같아."

"……싫었어?"

"어. 아주 싫어……. 거리감을 잃어버릴 것 같으니까 다시는 그렇게 부르지 마."

나에게서 시선을 돌린 그녀가 그네에서 일어났다.

표정은 아직 어둡다. 내 말에 적잖이 동요한 건지 눈을 마주치지 않는다.

"너에게 나는 '리이'인 거야. 나에게 너는 '코오타로'일 뿐이고. 동생 같은 존재로만 보고 있거든?"

"응, 알아."

"그럼 됐어…… 응. 제대로 마음에 새겨놔."

표정은 시원치 않다.

하지만 어쩐지 나쁜 느낌은 없었다.

"나도 마음에 새겼어. 주문…… 고마워. 금방 머리에 피가 몰려서 흥분하지만, 오늘만큼은 참을 수 있을지도 몰라."

"그렇다면, 기쁘고."

"착각하지 마. 네 얼굴을 봐서 참아주는 거니까……. 고마워하라고. 딱히 나는 할아버지를 걱정하는 건 아니……지는 않지만."

"아하하. 알기 쉽네."

내가 웃자, 그녀는 휙 고개를 돌리고 걷기 시작했다.

이제 가자는 듯이.

……자, 준비는 끝났다.

이제부터 쿠루미자와 쿠루리의 해피 엔딩을 만들자.

"콜록, 콜록……!"

병실에 들어가기 직전이었다.

문 너머로도 들린 큰 기침 소리를 들은 순간 리이의 안색이 바뀌었다.

"할아버지?!"

노크도 없이 병실로 뛰어들었다.

하지만 내가 안으로 들어간 시점에선 이미 잇테츠 씨는 이변을 숨기고 있었다.

"쿠루리, 들어올 때는 노크하라고 가르쳐줬을 텐데?"

오늘은 누워있지도 않다.

우리에게 등을 보이고 두 발로 서서 창밖을 바라보고 있었다.

그 뒷모습은 처음 병실을 찾아왔을 때와 마찬가지로 패기가 흘렀다.

얼핏 보면 78세로 보이지 않는 거한이 그곳에 서 있었다.

"하, 하지만 기침 소리가 들려서."

"……나는 기침한 적 없는데? 다른 병실에서 난 소리를 잘못 들은 거겠지. 봐라, 이렇게 멀쩡하잖냐."

몸을 돌려 우리에게 얼굴을 보여준 잇테츠 씨는…… 예

상대로 당당한 미소를 짓고 있었다.

사실은 그런 상태가 아니면서.

손녀가 걱정하지 않도록 허세 부리고 있다.

어제 본 약한 모습이 거짓말처럼 느껴질 만큼 오늘의 잇테츠 씨는 다른 사람으로 보였다.

"멀쩡……하면, 됐어. 응, 다행이야."

"안됐구만. ……응? 애송이도 있었냐. 매너 없기는. 일주일 만에 손녀와 재회하는 자리인데. 분위기 파악도 못하는 어리숙한 녀석."

"네, '일주일' 만이네요."

"그래. 일주일, 만이다…… 애송아."

일부러 '일주일'을 강조한 건 어제 일을 리이에게 말하지 않았다는 뜻을 전하기 위해서이기도 했다.

분명 잇테츠 씨에게도 뜻이 전해진 모양이다. 그 표정은 어딘가 안도한 것처럼 보였다.

어제 일을 털어놓았다면 그녀는 걱정할 테니까.

잇테츠 씨는 그걸 두려워하는 거겠지.

"보기 싫은 얼굴이구만. 인사 다 했으면 돌아가도 되는데? 손녀와 오붓한 시간을 방해하지 마라, 애송아. 나중에 얼마든지 시시덕거리면 될 것을……. 굳이 나에게 보여주려고 하다니 성격 참 고약하지."

"따, 딱히 그러지 않거든!"

"안 해? 한창때의 남녀라면 조금 더——."

"이…… 엉큼한 영감탱이!"

대화는 평소와 비슷하다.

리이도 일주일 만에 싸운 게 기쁜 건지 표정이 밝았다.

조금 전까지 불안해하던 얼굴이 조금 부드러워졌다.

"그래서, 몸 상태는 어때?"

"아주 좋지. 최고야."

"그러면 수술은 잘됐나 보네……. 다행이다."

"뭐냐. 걱정했었냐? 귀여운 녀석."

"그, 그런 게……!"

리이는 반사적으로 잇테츠 씨의 말을 부정하려다가 직전에 멈췄다.

내 '주문'을 제대로 기억하는 모양이다.

하지만 역시 완전히 솔직해지지는 못하는 모양인지…… 여전히 잇테츠 씨를 대하는 태도는 어딘가 퉁명스러웠다.

"앞으로 병문안 오지 못하게 된다는 거 진짜야? 엄마가 그렇게 말하던데."

"그래. 상태가 예상보다 더 좋아서…… 조금 강한 약을 사용하기로 했지. 부작용이 있어서 체력을 소모하지만, 대신 효과는 아주 좋다더구나. 잠시 면회할 여유가 없어질지도 모르지만 회복하면 또 오도록 해."

"……알았어. 빨리 나아야 한다?"

"물론이지, 걱정할 필요 없어. 나는 아직 안 죽는다."

든든한 말에 리이는 완전히 안심한 것처럼 보였다.

"코오타로, 봐봐. 오늘은 서 있어……. 요즘 침대에서 나오는 모습을 거의 볼 수 없었는데, 이 정도면 괜찮을지도 몰라."

귓속말하는 목소리도 들떠있다.

하지만…… 나는 눈치챘다.

조금 전부터 잇테츠 씨의 호흡이 가쁘다는 것을.

서 있는 것조차 힘든 거겠지.

그래도 손녀 앞이니까 무리하는 모양이다.

"아쉽게 됐구나, 애송아. 내가 살아있는 한 너에게 손녀는 못 줘. 나는 완고하니까 각오하라고. 죽을 때까지 너희 사이를 인정 못 해. 애초에 이렇게 투쟁심이라고는 쥐뿔도 없어 보이는 남자가 쿠루리를 지킬 수 있을 것 같지 않구나."

"좀! 코오타로 험담하지 마. 이래 봬도 아주 남자다운 구석도 있으니까!"

그리고 예상했던 흐름이 되었다.

주문 덕분에 지금까지는 침착했는데…… 내 일이 되면 역시 리이는 흥분한다.

"못 믿겠다. 쿠루리, 역시 내가 상대를 찾아봐 주는 게 좋지 않겠냐? 지위, 재산, 명예, 전부 가진 남자를 얼마든지 고를 수 있는데."

"무슨 헛소리야. 욕망투성이인 인간은 질릴 정도로 봤다고……. 그런 남자는 내가 원하는 인간이 아니야."

"욕망조차 없어 보이는 쭉정이보다는 낫다고 보는데?"

"……망할 영감이 코오타로의 뭘 안다고 그래?"

시비와 반박의 응수.

두 사람의 대화는 점점 치열해졌다.

"난 결심했어. 코오타로와 결혼해서…… 아, 아이를 낳을 거야. 상상해 봐. 할아버지의 증손주라고. 귀엽지?"

"으음. 이 남자의 피를 이어받는 거잖아? 예뻐하지 못할 것 같은데."

"뭐어?! 내, 내 자식이기도 하니까 받아들여달라고!"

"못 하겠다. 나는 절대 못 받아들여……. 이런 혈통도 알수 없는 잡종의 피가 쿠루미자와에 섞이는 일이 있어서는 안 되지."

"…………뭐?"

아, 그건 지뢰다.

분위기가 바뀌었다.

차가운 얼음이 일대를 뒤덮은 것처럼…… 열이 식었다.

"할아버지…… 그런 말을 하는 사람이었어? 농담이지? 할아버지가 항상 하던 말이잖아. '피에 가치는 없다'고…….."

"내가 그런 이상적인 소릴 했었나? 기억이 안 나는데…….. 뭐, 내 본심은 이래. 쿠루리, 너도 지금이라면 알지? '마음'보다 중요한 게 있다는 걸."

"어이없어……. 그런 건 없거든."

리이의 얼굴에서 표정이 사라졌다.

짙은 붉은색 눈동자가 실망으로 흐려졌다.

"뭐야. 할아버지도 결국 속물들과 똑같았네……. 조금 기운을 되찾으니 본성이 나오는 거야? 내가 좋아하던 할 아버지는 이런 인간이 아니야."

"웃기는구나. 나는 처음부터 이런 인간이었는데? 그걸 이해하고 따르는 줄로만 알았거늘…… 뭐 됐다. 전에도 말했지? 쿠루리, 나는 네가 미워해도 상관없다. 너에게…… 아니, 쿠루미자와에 도움이 되지 않는다고 판단하면 설령 어떻게 생각하든 저지한다고."

"……답이 없는 영감탱이잖아."

시선이, 엇갈린다.

리이는 이미 잇테츠 씨를 보지 않는다.

진심으로 '싫어'졌다고, 그렇게 말하듯이.

"애초에 내가 뭐라고 말하든 아무 반박도 못 하는 애송 이잖아. 사내 녀석이라면 더 대들어도 될 것을…… 실실 웃기만 할 뿐이라니 한심하다고 생각하지 않느냐? 어디, 뭐라 말해봐라. 애송아."

마무리라는 듯 잇테츠 씨가 나를 도발했다.

"네가 쿠루리를 행복하게 해줄 수 있겠냐?"

기이한 광채를 띠는 눈동자가 나를 똑바로 바라보고 있다.

『알고 있지?』

눈이 그렇게 말하고 있었다.

반론해서 말싸움으로 발전하면…… 분명 리이는 나에게 가세할 것이다. 그러고는 얼마 지나지 않아서 리이가 '이제 됐어!'하고 대화를 끊고 병실을 나가는 흐름이 될 것이다.

이러면 잇테츠 씨의 목적은 달성.

손녀에게 미움받고 면회도 사라지고…… 소원해진다. 리이가 받는 충격은 한없이 작도록 조절한 뒤에 죽을 마음이다.

그런 시나리오가 보였다.

누군가가 만족하는 듯하지만 아무도 만족하지 못하는…… 아무도 원하지 않는 스토리로 완결되려 하고 있다.

그래서 나는…… 그 슬픈 스토리를 비틀 것이다.

"――죄송합니다."

머리를 꾸벅 숙였다.

그 행동에 두 사람은 멍하니 입을 벌렸다.

"코오타로? 뭐 하는 거야?"

"애송이…… 뭘 사과하는 거냐?"

"이래저래요. 잇테츠 씨…… 그리고 리이. 미안, 나는 지금부터 두 사람의 적이 될 거야."

나는 누군가가 상처받는 걸 허용할 수 있는 인간이 아니다.

그런 '주인공'이 아니다.

내가 스토리의 중심에 있는 이상 아무도 불행하게 만들지 않겠다.

"잇테츠 씨. 잇테츠 씨 말씀이 맞아요…… 저는 리이를 행복하게 해줄 수 없습니다. 왜냐하면 저에겐 따로 좋아하는 사람이 있으니까요."

"……무슨 소리지?"

"말 그대로의 의미입니다. 리이가 아닌 다른 여자애를 좋아합니다."

그렇게 단언하는 것과 거의 동시였다.

"――속인 거냐."

목소리가, 바뀐다.

짐승처럼 낮게 으르렁거리는 목소리는 듣기만 해도 무서워서 움츠러들 것 같은 압력을 가하고 있었다.

이전의 나였다면 견디지 못했을지도 모른다.

하지만 지금의 나는 여유롭게 그걸 받아넘길 수 있었다.

"네, 속였습니다."

"……쿠루리의 마음을 가지고 논 거냐?!"

포효. 잇테츠 씨가 귀기 서린 표정으로 나를 추궁하며 내 어깨를 붙잡았다.

환자답지 않은 기백이다.

"나에게 거짓말하는 건 상관없다. 막연히 너희의 거리가 애인답지 않다는 것쯤은 알고 있었다. 하지만 쿠루리의 마음은 진짜이거늘, 너는……!"

"자, 잠깐! 할아버지, 코오타로?! 뭐 하는 거야!"

어안이 벙벙해졌던 리이가 당황하며 사이에 끼어들었다.

하지만 나는 꿀리지 않고 말을 이어갔다.

"그건 오해예요. 속은 건 '잇테츠 씨'뿐이니까요. 그렇지? 리이."

"…………어?"

갑작스러운 전개에 그녀의 움직임이 멈췄다.

"무슨……. 어떻게 된 거냐. 자세히 설명해라."

격노하던 잇테츠 씨도 흐름이 이상하다는 걸 느낀 모양이다.

"처음부터 사귀지 않았습니다. 애초에 저는 리이의 애인이 아니에요. 잇테츠 씨를 속여서 죄송합니다."

사실을 그대로 전달했다.

그러자 두 사람은 어떻게 해야 할지 알 수 없다는 듯 시선을 배회했다.

"왜지? 무슨 이유로 그런 거짓말을……?"

"잇테츠 씨가 기운을 내길 바랐으니까요. 리이의 장래를 걱정하던 잇테츠 씨가 안심하셨으면 했으니까요. 설령 거짓말이라도 손녀에게 애인이 생기면 기뻐하실 줄 알았어요. 적어도 리이는 그렇게 생각했죠."

"……정말이냐? 쿠루리."

"윽……."

설마 나에게 배신당할 줄은 몰랐겠지.

계획과 전개가 달라지자 리이는 동요했다. 아랫입술을 깨물고 잇테츠 씨에게서 시선을 돌렸다.

"따, 딱히……!"

그러고는 평소처럼 부정하려고 했지만, 잇테츠 씨 너머로 보이는 나를 본 그녀가 말을 멈췄다.

어쩌면 나를 나쁘게 말한 잇테츠 씨를 아직 용서하지 못하는 건지도 모른다.

솔직해지고 싶지 않다는, 그런 얼굴이었다.

하지만 부정하는 말을 입에 담기 직전에 나와 한 약속을 떠올린 모양이다.

조금 전에 걸었던, '오늘만 솔직해지는 주문'을.

"……진짜야."

시선은 여전히 피하고 있다.

하지만 조금씩…… 그녀는 본심을 말로 옮겼다.

"할아버지는 나를 아주 좋아하니까…… 나를 위해 기운을 내줄 거라고, 생각해서. 신부 모습도, 증손주도, 보고 싫잖아? 그럼, 이런 병은…… 빨리 떼어내라고. 날 위해서, 건강해지라고…… 바보멍청이."

우는 건 아니다.

하지만 눈물처럼 뚝뚝 마음을 흘리고 있다.

"내가 행복해지는 모습을 지켜봐 주지 않을 거야? 응? 할아버지……. 아직 효도도 못 했는데……. 더 오래, 오래 살아야지. 안 그러면, 쓸쓸하잖아."

순수하고 반듯한 애정이 말이라는 형태를 띤다.

"아직 고맙다고 말할 수 있을 만큼 나는 어른이 되지 못했어. 지금도, 말해줄 여유가 없어……. 그러니까 조금만 더 기다려줘. 제발, 아직…… 가지 마."

분명 잇테츠 씨는 놀랐을 것이다.

리이가 이렇게나 사랑하고 있다는 걸 몰랐을 테니까.

"쿠루리……."

그럼에도 여전히 망설이는 건, 아직 퍼즐이 부족하기 때문이다.

미움받을 여지가 있다고 믿는 잇테츠 씨의 착각도 정정하자.

"무슨 말씀을 하셔도 잇테츠 씨가 했던 건 '거짓말'이 되지 않아요. 아드님도 그렇고요……. 그리고 리이에게 했던 일도, 없었던 일은 되지 않아요. 잇테츠 씨가 주신 애정을 잊을 만큼 그녀는 매정한 인간이 아니니까요."

집에서 내보낸 아들에게, 잇테츠 씨는 최악의 부모일지도 모른다.

하지만 리이에게는 상관없다.

그녀에게 잇테츠 씨는 자상하고 사랑하는 할아버지니까.

"굳이 미움받을 만한 말씀을 하셔도 소용없어요. 리이, 안심해…… 아까 잇테츠 씨가 하신 말씀은 다 거짓말이니까."

"……정말?"

"물론이지. 왜냐하면 네가 좋아하는 '할아버지'는 그런 말 안 하시잖아?"

"맞아. 응, 그래…… 당연히 그렇지."

내가 말하지 않아도 알고 있었을 것이다. 그래서 바로 내 말을 믿고 고개를 끄덕인 거겠지.

"어떤 말씀을 하신들, 잇테츠 씨가 사라지면 리이는 상처받을 겁니다. 미움을 사셔도 자기만족일 뿐인 거죠. 더는 후회하고 싶지 않으시잖아요? 그렇다면 짊어지세요. 리이가 상처받는 걸 받아들이고, 끝까지 발버둥 치면서 사랑하고, 행복한 추억을 많이 남기세요."

생판 타인이 입에 담을 말이 아니라는 건 알고 있다.

이런 설교는 완전히 주제넘은 발언이다. 객관적으로 보면 정말 쓸데없는 참견이고. 하지만 이런 참견이야말로 '주인공'의 특권이다.

"잇테츠 씨의 선택은 틀렸어요. 이건 저 같은 애송이조차 아는 사실입니다."

그렇게 말하며 잇테츠 씨를 향해 웃었다.

"저에게는 이미 마음에 정한 사람이 있습니다. 아쉽게도 리이의 인생은 짊어질 수 없지요. 손녀가 걱정되신다면 조금 더 오래 사시는 게 좋지 않을까요?"

"——말은 잘하는구나, 애송이."

내 말에 잇테츠 씨도…… 웃어주었다.

씁쓸하면서도 후련한, 복잡한 표정이었다.

"애송이…… 아니, 코타로. 제법 기개가 있는 젊은이군. 너는 어딘가 그 애를 닮았어……. 코타로라면 쿠루리를 맡길 수 있다고 생각했는데, 아쉽구나."

네, 죄송합니다.

인정받은 건 기쁩니다. 하지만 잇테츠 씨가 바라는 걸 쿠루리에게 줄 수는 없어요.

"하고 싶은 말은 알아. 나도 사실은 지켜보고 싶어. 하지만 슬슬 쉬게 해주려무나……. 한계야."

그 순간이었다.

잇테츠 씨의 몸이 휘청거렸다.

"할아버지?!"

리이가 그렇게 소리치기 전, 내가 잇테츠 씨의 몸을 부축했다.

"윽……!"

역시 무리하고 있었던 모양이다. 괴로워 보이는 잇테츠 씨를 살며시 침대에 앉혀드렸다.

"미안. 쿠루리…… 미안하다."

거듭 사과하는 그 모습에서 이미 패기는 남아있지 않았다.

어제 본 힘없는 할아버지가 되고 말았다.

이제는 손녀 앞에서도 고집을 부릴 수 없을 만큼 잇테츠 씨의 상태가 안 좋았다. 눈도 공허하게 초점이 맞지 않고, 의식도 어딘가 흐릿했다.

"수술은, 위험이 커서…… 포기했다. 지난 일주일은, 몸이 안 좋아서 누워있었지. 앞으로는, 투약으로 연명 치료에 들어갈 거다. 쿠루리가, 내 죽음을 받아들일 수 있게 될 때까지는 살 수, 있도록……."

"──멍청이!"

리이도 한계였던 모양이다.

그녀는 울고 있었다.

처음으로 리이의 눈물을 보았다.

"아무리 시간이 걸려도 사랑하는 할아버지의 죽음을 받아들일 수 있을 리가 없잖아! 그러니까 옆에 있게 해줘. 조금이라도 오래…… 여기, 있게 해줘."

참을 수 없다는 듯 리이는 잇테츠 씨를 끌어안았다.

그런 그녀를 달래듯이 쓰다듬으며…….

"……미안하다, 쿠루리."

그래도 고개를 끄덕이지 않는 건 포기했기 때문인 걸까.

곧, 끝난다.

그렇게 깨달은 듯한 표정을 짓고 있었다.

"나는, 오래 살아도 되는 인간이 아니었던 거겠지. 쿠루리에게는 말하지 못할 법한 짓을 많이 했어…… 천국에서 지켜보진 못할지도 모르겠구나. 하지만 지옥에서라도, 기도하마. 쿠루리의, 행복을……."

이미 충분히 살았다고, 이대로 잠들게 해달라고…… 그렇게 말하듯이.

아직 부족하다.

리이에 대한 애정만으로 삶에 매달릴 수 있을 만큼 잇테츠 씨는 자신을 용서하지 않았다.

"남을 불행하게 만든 벌을, 받아야만 해…… 나만 행복해질 수는, 없지."

그렇다면 이유를 보여주면 된다.

잇테츠 씨가 자신을 용서하지 않아도 살아야만 하는 이유를 건네면 된다.

"——잇테츠 씨는 기적을 믿으세요?"

불쑥 물었다.

당연히 잇테츠 씨는…… 아니, 쿠루리도 당황했다.

"코오타로? 갑자기 왜 그래?"

"좀 여쭤보고 싶어서. 잇테츠 씨에게…… 기적이라는 존재를 어떻게 생각하시는지. 그건 정해진 '숙명'인지 단순한 '우연'인지."

"네 의도는 모르겠지만, 내 생각을 대답하는 되는 거냐?"

네. 부탁드립니다.

당신의 생각을 말로 꺼내주세요.

"기적이란…… 숙명이지. 모든 일에는 의미가 있어. 우연이라는 말로 치부하기에는 아깝지."

근거는 없지만 잇테츠 씨라면 그렇게 말씀하실 것 같았습니다.

"그렇군요. 그렇다면 이 '기적'의 의미가 무엇인지도 잘 생각해 보시기를 바랍니다."

그렇게 말한 직후였다.

"시호, 들어와."

아무도 없는 등 뒤로 말을 걸었다.

동시에…… 병실의 문이 살그머니 열렸다.

"저, 저기. 그러니까, 그…… 코, 코타로가 불러서 왔습니다! 훔쳐 들을 마음은 없었는데요, 전부 들려서…… 죄, 죄송합니다!"

꾸벅 머리를 숙이는 은백색 소녀.

"흠——?!"

그녀를 눈앞에 둔 순간 잇테츠 씨는 경악했다.

그것도 무리가 아니다. 왜냐하면 시호는…… '기적' 그

자체니까.

"기다리게 해서 미안해. 그리고 갑자기 미안하지만, 자기소개 좀 부탁할게."

"알았어! 크흠. 아, 아뎌하떼여! 시모츄끼 씨오입니다."

"시호, 발음이 꼬였어. 진정해. 무슨 말인지 못 알아듣겠어."

"하, 하지만! 긴장되는걸!"

한 번 더 손을 흔들어 '이리 와'하고 재촉하자…… 그녀는 옆으로 걸어와 내 옷을 슬쩍 붙잡았다.

그제야 간신히 마음이 차분해진 모양이다.

"시모츠키 시호, 입니다."

이름을 입에 담았다.

그 순간 잇테츠 씨의 얼굴이…… 쭈글쭈글 일그러졌다.

"'시모츠키'라고……?!"

네. 그녀의 성은 시모츠키.

아마도 당신에게는…… 먼 친척이죠?

과거에 아드님을 맡긴 집이 아닌가요?

'그 사진에 찍혀있던 아드님은 어딘가 시호를 닮았어.'

머리카락은 검은색이고 남자이지만, 이목구비에 시호의 흔적이 있었다.

아니, 정확하게는…… 시호에게 그 흔적이 있는 거다.

그녀의 아버지인 '시모츠키 이츠키'와 얼굴이 비슷하다.

그리고 하나 더, 조금 신경 쓰이던 점이 있다.

그건 시호가 리이에게는 처음부터 '낯가림을 발동하지 않았다는 것'이다.

그 이유는 어쩌면 '친척'이기 때문이 아닐까.

그녀는 가족에게는 낯가림을 발동하지 않는다.

그 연장선상에 리이가 있었기 때문에 처음부터 편하게 대할 수 있었던 건지도 모른다는 가설을 세웠다. 왜냐하면 시호에게 리이는 '사촌'이니까.

아마도 그 가설은 정답이다.

왜냐하면 지금도…… 시호는 처음 만나는 잇테츠 씨에게 긴장은 하면서도 전혀 무서워하는 기색이 없다.

"……무사했구나!"

우선 시호에게는 나조차 알 수 있을 만큼 젊은 시절의 이츠키 씨를 연상하게 만드는 분위기가 있었다. 잇테츠 씨라면 나보다 더 강하게 느꼈을 것이다.

"다행이야. 정말, 다행이야……!"

눈두덩이를 누르며 떨리는 목소리를 흘린다.

그 목소리에는 기쁨이 진하게 묻어났다.

"어? 왜, 왜 우는 거야? 저기, 할아버지……? 시모츠키도, 대체 어떻게 된 거야?! 어, 어떻게든 해 봐."

"어어?! 내가 어떻게 할 수 있을 리 없잖아!"

"나도 울고 있거든! 진짜, 뭔지 모르겠어……!"

"으, 으으……. 나도 왠지 눈물이 나. 쿠루리, 기운 내."

그러더니 시호는 잇테츠 씨를 보고 이렇게 말했다.

"──할아버지도, 울지 마세요."

그 한마디에 잇테츠 씨는…… 표정을 무너트렸다.

"한 방 먹였구나, 애송아."

나를 보고는 씩 웃는다.

당당한 미소엔 잇테츠 씨다운 힘이 깃들어 있었다.

"네. 이 기적을…… 아니, 숙명을 짊어지세요. 죽어서 도망치는 건 안 됩니다. 잇테츠 씨에게는 그녀들의 행복을 지켜봐야 하는 '의무'가 있으니까요. 살아서 손녀를 지켜보셔야죠."

한 명이 아니다.

당신은 두 명의 행복을 확인해야만 한다.

"……물론이지. 죽는 건──아직 일러!"

그리고 잇테츠 씨는 다시 일어났다.

시호에게 다가가 그 얼굴을 가만히 살펴보고는…… 부드럽게 미소 지었다.

"시호, 라고 했느냐? 네 부모님은 건강하시고?"

"흐어? 그게…… 네, 건강하십니다! 아빠는 되게 자상하셔서, 자꾸 용돈을 많이많이 주는 바람에 엄마에게 항상 혼나요."

"그래…… 그래. 그건, 좋구나. 그 아이다워."

잇테츠 씨는 마음에 병이 있었다.

자신이 버린 아들이 행복하게 살고 있을지.

그 걱정이 사라진 덕분인지 후련한 표정을 짓고 있었다.

"쿠루리, 미안하구나. 역시 내일 수술을 받아야겠어. 위험이 너무 커서 받을 마음이 안 들었지만, 성공하면 확 좋아질 거다."

"뭐?! 그, 그거, 괜찮은 거야?"

"걱정할 필요 없다. 왜냐하면 나는 아직 죽는 걸 허락받지 못했으니까. 기적적으로 성공하겠지⋯⋯. 그게 숙명이니까."

네. 잇테츠 씨는 아직 죽으면 안 됩니다.

그런 스토리는 허락되지 않습니다.

발버둥 쳐주세요. 리이와 시호를 위해.

이츠키 씨를 불행하게 만든 만큼 두 사람을 행복하게 해줘야만 하니까요.

'막연하지만, 괜찮을 것 같은 느낌이 들어.'

⋯⋯신기하게도 수술이 실패한다는 생각은 들지 않았다.

예정조화라고 해야 할지, 편의주의라고 해야 할지⋯⋯ 그런 느낌이 드는 결말일지도 모른다.

하지만 그거면 됐다. 이것이야말로 원하던 스토리다.

모두가 행복한 '해피 엔딩'이라는 건 틀림없으니까.

제10화

✸ 딱히 너를 '좋아'하는 건 아니거든!

　훌륭해, 코타로!

　주인공 '모조품'에 불과하던 엑스트라가 각성을 거쳐서 드디어 '진짜'로 성숙했다.

　그 순간을 볼 수 있다니, 꿈만 같아.

　지루한 현실 세계에서 너희들의 '스토리'는 정말로 재미있어.

　자, 이제 주인공의 이야기는 종막을 맞았다.

　그리고 이번에는 너희 차례야…… 시호, 쿠루리.

　『얼간이 메인 히로인에게 서브 히로인이 일으키는 하극상.』

　마침내 내 입맛에 맞는 러브 코미디가 만들어진다.

　모든 건 이 순간을 위해…… 여러모로 사전 준비를 해두었다.

　쿠루리가 코타로와 공원에서 운명적인 재회를 이루었다.

　내가 그의 움직임을 예측하고 쿠루리에게 공원에 가라고 지시한 덕분에 그 이벤트가 발생했다.

　사전에 코타로에 관한 정보와 인간관계를 가르쳐줘서 정신상태가 불안정한 쿠루리의 동요를 한없이 줄여주었다.

　그렇게 하지 않으면 쿠루리는 시호의 존재를 받아들이지 못한다고 판단했다. 그녀가 마음의 준비를 할 기산이 필요했으니까.

온천여관에서 료마 일행과 마주친…… 건 이미 설명했던가? 망할 영감의 병원 이동에 관여한 것도 앞서 운을 띄워놨으니 이쪽 설명은 생략하자.

그 외에도 병원에서 코타로만 면회할 수 있게 해주기도 하고, 시호가 병실 앞에서 대기하는 동안 다른 간호사나 환자에게 방해받지 않도록 수배한 것도 나다.

코타로에게 유리한 전개가 되도록 암약했다는 소리다.

물론 그건 코타로만을 위해서가 아니라…… 내가 보고 싶은 스토리를 위한 준비이기도 하다.

'솔직해지는 주문'이라니, 아주 멋지잖아.'

츤데레 히로인은 딱 하루, 정통파 데레데레 히로인이 된다.

절호의 기회다.

아직 하루는 끝나지 않았다. ……이날만큼은 너는 츤데레라는 패배 확정 속성에서 탈피할 수 있다.

시호, 고마워.

네가 코타로와의 러브 코미디를 미뤄준 덕분에…… 빈틈이 발생했으니.

절대적인 메인 히로인 시호는 방심만 하지 않는다면 그 지위는 흔들리지 않는다. 하지만 네가 타락한 덕분에 러브 코미디의 신은 새 히로인을 만들기로 결단을 내렸다.

'쿠루리, 이제부터는 네 시간이야……. 얼간이 메인 히로인을 마음껏 압도해. 아아, 고백이 성공할 필요는 없어. 실패해도 돼. 지금 반드시 사귈 필요는 없으니까. 아무튼 여기서 '쿠루미자와 쿠루리 루트'가 발생하는 건 확정……. 여기서부터는 순애 러브 코미디가 아니라 '삼각관계 러브 코미디'가 되는 거지.'

그리고 최종적으로 쿠루리가 시호에게 이긴다.

그 결말을 상상하기만 해도 흥분이 멈추지 않았다.

"니히히. 쌤통이다…… 메인 히로인. 주인공의 다정함에 안주하던 벌을 받으라고. 후회해. 고뇌해…… 자신의 안이함을 저주해."

이건 개인적 원한이기도 하다.

시호, 전에 말했었지?

『두고 봐.』

그 마음은 지금도 잊지 않았거든.

◆

──잇테츠 씨의 병실에서 나왔을 때는 이미 주변이 캄캄했다.

"시모츠키, 그건 어떻게 된 거야? 왜 갑자기 온 건데……. 왜 네가 그렇게 울어?"

"코타로가 불러서 온 것뿐이야! 나, 나도 왜 우는 건지 모르겠어…… 흐어엉!"

결국 시호는 울었다.

리이와 잇테츠 씨보다 더 크게 오열하는 바람에 두 사람이 황당해서 울음을 멈췄을 정도다.

"할아버지를 봤더니 왠지 가슴이 따뜻해져서 울었어. 뭔가 보들보들…… 아빠 같았어."

"뭐야 그게. 역시 시모츠키는 잘 모르겠어……. 하지만 코오타로? 너는 전부 알고 있는 거지? 어떻게 된 건지 설명해."

어째서 잇테츠 씨가 시호를 보고 놀란 건지.

갑자기 기운을 되찾은 건지…… 당연히 그 이유를 알고 있다.

하지만 그건 내가 밝힐 일이 아니란 느낌도 들었다.

"미안. 그건 잇테츠 씨에게 직접 물어봐."

"말할 마음이 없는 거야?"

"진실을 내가 가르쳐줄 수 없을 뿐이야."

"……뭐 좋아. 네가 그렇게 말한다면 됐어. 할아버지가 회복하면 전부 물어볼 거야."

응, 그렇게 해.

어차피 금방 건강해지실 테니까. 대화할 기회도 많이 있을 거다.

리이도 잇테츠 씨를 걱정하지 않는 모습이다.

"그나저나 내일 수술이라니, 엄마가 깜짝 놀라겠네. 그래도 다행이야. 쓰러지기 전의 할아버지로 돌아와서 안심했어."

그런 이야기를 하면서 걷고 있었더니 여느 때의 공원에 도착했다.

벌써 밤이니까 일찍 집에 돌아가는 게 낫다는 건 안다. 하지만 어쩐지 아직 헤어지고 싶지 않은 기분이었기에 우리는 공원에 들르기로 했다.

그제야 간신히 시호도 울음을 그쳤다.

"시호, 늦어져도 괜찮아?"

"응. 엄마, 아빠가 코타로와 같이 있는 거면 괜찮다고 그랬어."

사츠키 씨와 이츠키 씨가 날 신뢰하는 게 무척 기쁘다.

아, 맞아……. 다음에 두 분을 만날 때는 은근슬쩍 잇테츠 씨에 대해서 말씀드릴까?

막연히 알 수 있다. 다정하고 따뜻한 부부니까. 이 일에 대해서 알게 되어도 화내지는 않을 것 같은 느낌이 든다.

"정말이지……. 너희는 진짜 어쩔 수 없다니까."

공원 벤치에 앉자, 리이가 기가 막힌다는 듯 한숨을 쉬었다.

하지만 그 표정은 무척 밝았다.

"부탁하지도 않았는데 끼어들고, 괜한 참견만 하고, 이런 나에게 친절하게 대해 주고. 바보 아냐? 정말 너희는……
멋있어."

그러더니 그녀는 깊이 머리를 숙였다.

"——고마워."

아직 '주문'은 풀리지 않은 걸까.

웬일로 리이가 솔직했다.

"두 사람 덕분에 할아버지는 기운을 차렸고, 나도……
조금, 나에게 솔직해졌어. 너희가 없었다면 어떻게 되었을
지 상상도 하고 싶지 않아. 정말 살았어. 고마워."

머리를 숙이며 거듭 감사의 말을 늘어놓는다.

그렇게 정중한 인사를 받으니 오히려 내 마음이 불편했다.

"아니, 신경 쓰지 않아도 돼. 나는 그냥 은혜를 갚고 싶
었던 것뿐이고……."

"코타로는 알지만, 나는 아무것도 안 했는걸. 그렇게 고
마워하지 않아도 되는데."

"……아무것도 안 했다고? 그렇지 않아."

시호의 말을 들은 리이가 고개를 들었다.

"오히려 시모츠키에게 가장 부담을 줬다고 보는데."

"어? 그런가……. 나 부담 느낀 적 없는데."

"…………아, 그래. 응, 너는…… 그렇게 말하는 애지."

그러더니 무언가를 떠올렸다는 듯 리이는 한숨을 쉬었다.

시호를 바라보는 그 눈은 밤인데도 기묘한 빛을 띠고 있었다.

"——징글징글해. 지금이 절호의 기회라는 게 생생히 느껴져. 여기서 내 선택에 따라 무언가가 바뀌겠지……. 그녀가 말한 대로."

그러더니 나는 잘 이해할 수 없는 혼잣말을 중얼거리기 시작했다.

"후후…… 아, 그런 거구나. 흐음? 잘 짜 맞췄잖아. 확실히 지금이라면 내가 유리하지. 여기서 제대로, 알려준 대로 한다면, 네 생각대로 운명이 바뀔 거야."

대체 그녀는 무슨 말을 하는 걸까.

알 수 없다. 하지만 막연히…… 무언가 으스스한 느낌이 들었다.

"으응? 쿠루리, 왜 그래?"

하지만 나와는 다르게 시호는 아무것도 눈치채지 못했다.

여느 때처럼 무방비하고, 태평하고, 경계심이 느슨한…… 위험한 상태였다.

황급히 시호를 지키려고 일어났다.

하지만 늦었다.

"시모츠키…… 잘 지켜봐. 이건 네가 불러들인 사태니까. 제대로 받아들이고, 생각하고, 고민하고…… 반성해."

"뭐, 뭐가? 쿠루리, 무슨 소리야……?"

리이가 한 걸음 앞으로 걸었다.

일어난 내 눈앞으로 다가온 그녀가 속삭였다.

"——코오타로, 좋아해."

말에서 리이의 감정이 분출된다.

뜨겁고, 달콤하고, 그러면서도 애틋한 감정이 나와……

그리고 시호의 머리를 새하얗게 만들었다.

""……어?""

둘이 동시에 눈을 부릅떴다.

농담이라고 생각했다.

아니, 농담이라고 믿고 싶었다.

하지만 그녀가 부정했다.

"너 때문에 나는 오늘만큼은 '솔직'하거든……. 그러니까 진심이야. 계속 좋아했어. 옛날부터, 널 처음 만난 어릴 때부터 계속 좋아했어."

항상 뒤집어쓰고 있던 츤데레의 가면은 이미 벗어던졌다.

자신을 지키던 얇은 얼음벽도 불타오르는 정열에 녹아버렸다.

지금의 리이는 본모습이다.

그녀의 진심이 흘러나오고 있었다.

"어, 으……!"

시호가 무언가 말을 하려고 입을 열었다.

하지만 말이 나오지 않는 건지…… 괴로운 듯한 신음밖에 들리지 않는다.

한편 나는 아무 말도 하지 못했다.

"…………."

뭐라고 대답해야 할지 알 수 없었으니까.

그런 우리에게 리이가 거듭 말과 감정을 쏟아냈다.

"시모츠키와 네 관계를 알았을 때는 포기하려고 했는데, 역시 안 되겠어. 오히려 더욱 코오타로가 좋아졌어. 너는 정말 멋진 남자가 되었는걸. 코오타로보다 좋아하게 되는 사람은 없다고…… 단언할 수 있어."

"하, 하지만…… 하지만!"

"미안해, 시모츠키. 너에게는 미안하지만…… 연애라는 건 그런 거잖아? 아직 사귀는 게 아니니까 나에게도 기회는 있지."

그렇다. 확실히 우리는 '애인'이 아니다.

"윽……."

그 사실이 시호의 말을 봉인했다.

"지금은 내가 살짝 불리하지. 고백해봤자 코오타로는 받아들이지 않을 테니까. 하지만 앞으로 계속 도전할 거야. 시모츠키보다 내가 더 너를 행복하게 해줄 자신이 있어. 이 애보다 나를 좋아하게 만들 거야."

힘이 가득한 말이었다.

역시 잇테츠 씨의 손녀……. 그 사람처럼 말에 무게가
있다.

그녀에게서도 느껴진다.

시호나 류자키가 지닌 '특별함'이.

보통 사람에게는 없는 매력이 있고…… 그걸 시호도 알
아차린 걸까.

"안, 돼……. 싫어."

필사적으로 부정하려고 한다.

도리질하며 거절하려고 한다.

하지만 멈출 수 없다.

조금 전까지 무방비했던 그녀는 리이의 마음에 짓눌리
고 있다.

"으……."

눈이 이미 젖어있다.

조금 전 병실에서 울었을 때보다 더 굵은 눈물이 당장에
라도 떨어질 듯 매달려 있다.

그 순간이었다.

"──이거 봐. 내가 그렇게 말하면 이렇게 되잖아?"

리이의 열이 단숨에 식었다.

차가운 바람이 분다.

감정의 불꽃이 사라진다.

"시모츠키, 어리광도 적당히 해야지."

엄한 목소리였다.

하지만 그 말은 다정함으로 넘실거렸다.

"코오타로의 배려에 어리광 부리면서 안주하고, 그게 기분 좋다는 건 알아. 하지만 사람의 마음은 영원하지 않아. 얼마든지 바뀔 수 있어."

"리이……?"

간신히 목소리가 나왔다.

뭐가 일어나고 있는지 알 수 없어서 설명을 요구하듯 이름을 부르자, 그녀는 여느 때처럼 퉁명스러운 얼굴로 입술을 삐죽거렸다.

"코오타로는 가만히 있어. 너는 잘못한 거 없으니까. 아니, 좀 너무 다정한 게 문제이긴 하지만, 그게 장점이기도 하니까 변하지 마. 문제는 코오타로가 아니야. 시모츠키, 너야."

"아, 으…………."

시호가 동요하고 있다.

상황을 이해하지 못하는 건지 도움을 요청하듯 나를 바라보았지만…… 그 시선을 리이가 몸으로 가로막았다.

"나를 봐. 시모츠키. 이건 심술이 아니야. 너희에게 해줄 수 있는 마지막 '오지랖'이지."

"오지랖?"

"그래. 그렇게 서로 사랑하면서 애인이 되지 못하는 문제를 내가 해결해줄게. 부탁받은 것도 아니고 괜한 참견인 것도 알지만. 응?"

……마치 우리가 했던 걸 되돌려주듯이.

리이는 억지로 우리의 문제에 끼어들었다.

"만약 코오타로가 다른 여자를 좋아하게 되면 너는 어떡할 거야?"

"그건…… 아니, 그런 일은!"

"'있을 수 없다'고? 어째서 단언할 수 있는데? 이 세상에 너보다 더 코오타로와 궁합이 잘 맞는 인간이 없다는 보장은 없어."

그러고 보면 전부터 리이는 우리의 관계에 의구심을 느꼈다.

재회한 뒤로 지금까지 계속 그 점을 생각하고 있었던 모양이다.

"코오타로는 누구보다 매력적인 인간이라는 걸…… 시모츠키는 잘 알잖아? 다른 여자가 좋아한다고 따라다니는 일도 당연히 일어나지. 이번에 내가 한 것처럼 갑자기 들이댈 수도 있다고."

……지금 말을 듣고 확신했다.

리이의 고백은——거짓말이다.

그렇다고 해도 너무…… 진실미를 띠고 있어서 우리는 그녀의 의도대로 속아 넘어갔다.

"만약 '코타로라면 나 아닌 다른 사람을 좋아할 리가 없어'라고 생각하는 거라면…… 그 어리광을 지금 당장 버려. 코오타로의 다정함에 의지하는 건 상관없어. 하지만 다정함에 어리광을 부리는 건, 다정함을 당연하게 생각하는 건 절대 좋은 일이 아니잖아?"

"아니, 리이? 나에게도 잘못은 있……."

"봐, 이런 거야, 시모츠키. 코오타로에게 보호받기만 해도 돼? 어차피 코오타로가 지켜줄 거라면서 아무것도 하지 않는 건 좀 아니지 않아?"

리이는 내 말을 상대하지 않았다.

그녀는 시호만 쳐다보고 있다. 내가 무슨 말을 해도 소용없겠지.

'하지만 틀린 말은 아닌가.'

무의식중에 손을 내민 나를 반성하며 입을 다물었다.

나도 최근 시호의 언동에 위화감을 느꼈다.

조금, 너무 어려졌다고 해야 할까…… 지나치게 어린아이 같은 느낌이 들었다.

너무 무방비해서 걱정될 정도로 그녀는 나에게 전폭적인 신뢰를 보낸다. 그건 나에게는 기쁜 일이고 부정하고 싶은 게 아니다.

어리광을 부리는 것도 기분 좋았다.

하지만 그건 우리의 미래에 반드시 좋은 일이라고는 할 수 없는 건지도 모른다. 맹목적인 감정은 때로 나쁜 방향으로 작용하기도 한다.

"지켜주는 사람이 있어도 계속 약해도 괜찮은 이유는 되지 않아. 코오타로에게 무슨 일이 있을 때 네가 버팀목이 되어주어야만 하잖아? 영원히 지금 상태가 계속된다고 생각하는 거라면 지금 당장 그 안이한 사고방식을 버려."

엄한 말이다.

하지만 거기에는 틀림없는 '다정함'이 담겨있었다.

그렇기에 분명…… 시호의 마음에도 닿았겠지.

"──윽."

당장에라도 눈물이 떨어질 것 같다.

하지만 울지 않겠다고 눈에 힘을 주며 리이의 시선을 정면으로 받아내고 있다.

"코오타로가 병에 걸릴지도 모르고, 어쩌면 기억상실에 걸릴지도 몰라. 더 단순히, 어리광을 받아주는 데 지쳐서 시모츠키에게 싫증이 날지도 몰라."

"…………"

"사람은 늙어가고, 마음은 변화해……. 나는 그래서 실패했어. 할아버지는 계속 건강할 거라고 믿어서 좀처럼 마음의 정리를 하지 못했어. 너희가 없었다면 지금쯤 어떻게 되었을지 몰라."

"……응."

"그리고…… 좋아하던 사람이 항상 변하지 않을 거라고 안이하게 생각하다가, 실연했어. 시모츠키, 네가 나처럼 되는 건 바라지 않아."

"실연……?"

"그래. 전에도 말했잖아? 최근에 실연했다고. 계속 좋아 하던 남자애가 다른 여자애를 좋아하게 됐거든."

……그러고 보면 전에도 실연 이야기를 했었다.

자세한 사정은 듣지 않았으니 모른다.

하지만 대화 흐름에서 한 가지 가능성이 발생했다.

혹시 그 실연이…….

"만약을 위해서 말해두는 거지만 네 얘기 아니거든? 코오타로, 자만하지 마. 전에도 말했지? 나에게 너는 동생 같은 존재이지 그 이상도 그 이하도 아니야. 착각하지 마."

아닌가.

아니, 그건 그렇지.

설마 나를 계속 좋아했다니……. 만약 그런 거라면 지금 그런 이야기를 할 리가 없다.

……그런 걸로 해달라고, 그렇게 말하고 있다.

"딱히 너를 '좋아'하는 건 아니거든!"

그래서 나는 그런 걸로 하고 마음에 담아두었다.

리이, 고마워.

"시모츠키, 더 위기감을 가져. 다른 여자애가 '가짜 애인'을 부탁해도 허락하면 안 돼. 단둘이 온천여행에 보내려고 하지도 마. 내가 만약 나쁜 여자였다면 지금쯤 코오타로에게 손을 댔을 거야."

"그건…… 안 돼."

"그렇지? 그렇다면 더 조심해. 시모츠키, 독점욕은 나쁜 감정이 아니야. 그 감정은 상대의 짐이 되지 않아. 애인이 된다는 건 즉 서로를 독점한다는 계약이니까."

확실히 시호는 자신의 독점욕을 조금 염려하는 경향이 있었다.

내가 귀찮아하지 않도록 조심하고 있다고, 그런 뉘앙스의 말을 가끔 들었다.

"너무 좋아해서 행복한 건 이해해. 만족스럽다는 것도, 이 이상 좋아하게 되면 어떻게 될지 모른다는 두려움도…… 나도 겪어봤어. 하지만 극복해야만 해. 계속 도망치면 언젠가 따라가지 못하게 되니까."

리이의 말은 신기한 설득력이 있었다.

절대 가벼운 발언으로 들리지 않는 무게가 느껴진다.

리이는 시호에게 마음을 맡기는 것처럼 보였다.

"나처럼 되지 마."

속삭이듯 중얼거린 뒤 그녀는 시호의 머리를 살며시 쓰다듬었다.

"아니면 내가 코오타로를 행복하게 해줘도 돼? 네가 못 하겠다면 내가 해줄게. 소꿉친구인 나라면 너보다 더 잘될 가능성도 있다고 생각하지 않아?"

"──싫어."

평소보다 조금 어른스러운 얼굴로.

시호는 고개를 크게 저었다.

"코타로를 가장 행복하게 해줄 수 있는 건 '나'야."

"그래. 그 말이 맞아, 시모츠키. 지금은 네가 1등이야. 그러니까 1등일 때 제대로 다음으로 넘어가. 코오타로와 함께 행복해져. ……그 남자와 비슷한 짓을 하는 건 마음에 안 들지만, 내 마음도 너한테 얹어줄 테니까."

류자키와 대면한 건 리이에게도 강한 인상을 남긴 모양이었다.

시호? 우리의 마음은 2인분이 아닌 모양이야.

"응…… 받았어. 쿠루리 몫까지 행복해질게."

그녀는 고요한 표정으로 고개를 끄덕였다.

전에 없이 진지한 얼굴로 리이를 바라보더니…… 마치 그녀에게 매달리듯 세게 끌어안았다.

"고마워⋯⋯. 쿠루리, 고마워."

그러고는 견딜 수 없게 된 건지 울음을 터트렸다.

눈물의 이유는 슬프기 때문인지, 아니면 기쁘기 때문인지.

아니면 리이를 위해서인 건지.

"우, 울지 마. 정말이지⋯⋯ 울보들에게 사랑받는 느낌이 들어. 정말⋯⋯ 어쩔 수 없다니까."

리이는 평소처럼 기가 막힌다는 미소를 지으면서 시호를 끌어안았다.

그 얼굴은 역시 다정하고⋯⋯ 따뜻했다.

화요일. 많은 일이 일어난 다음 날. 나와 시호는 방과 후 교실에 있었다.

"코타로, 미안해. 다들 나갈 때까지 기다려달라고 해서."

"아무렇지도 않아."

미안해하는 그녀를 향해 웃었다.

계속 네 준비가 끝나는 걸 기다렸는걸.

이 정도를 신경 쓸 리 없지.

"역시…… 나에게 특별한 장소는, 여기니까."

유키노시로 고등학교 1학년 2반.

그 교실에서 나와 시호가 만났고, 친구가 되었다.

지난달 내가 고백했다가 거절당한 장소이기도 하다. 그렇게 이 교실은 나와 시호에게 특별한 장소가 되었다.

"지금부터 나는 고백할 거야."

시호가 뚜렷하게 선언했다.

어제 리이가 기합을 넣은 덕분에 그녀는 각오를 다진 모양이었다.

"그때…… 쿠루리가 코타로에게 고백하는 모습을 보고 가슴이 철렁했어. 내가 좋아하는 네가 멀리 갈 것 같은 예감이 들어서 갑자기 무서워졌어."

"그건 나도 놀랐어."

"그래. 정말…… 놀랐고, 무서웠고, 내가 틀렸다는 것도 깨달았어. 미안해, 코타로."

"그렇게 사과하지 않아도 괜찮아."

어제부터 그녀는 계속 이런 느낌이다.

나에게 무척 미안해서 그게 오히려 미안했다.

"시호. 미안하다는 말은 이미 배부르게 들은 것 같아."

"그래? 그럼, 응……. 하, 하지만, 잠깐만! 조금만 더 이야기하게 해줘. 아직 긴장되니까…… 발음이 헛나올 것 같아."

그녀는 중요한 때 자주 발음이 꼬인다.

그건 그거대로 귀엽지만, 오늘은 역시 특별한 만큼 긴장을 풀고 싶은 모양이다.

물론 천천히 해도 상관없다.

"후우…… 어쩐지 더워. 난방 너무 세게 틀어놓은 거 아니야?"

그렇게 말하며 시호는 블레이저를 벗었다. 그 속에서 여름에 자주 보던 분홍색 카디건이 모습을 드러냈다.

"창문 조금만 열어도 돼?"

"그럼. 추우니까 빨리 닫는 게 좋다고 보지만."

고개를 끄덕이자, 그녀는 창문으로 다가가 창 앞에 앉았다.

손가락 하나만큼 창문을 열어놔서 차가운 공기가 흘러

들어오는 게 느껴졌다.

"……몸이 뜨거웠으니까 딱 좋네."

시호의 몸은 창가의 좁은 공간에도 쏙 들어갈 정도로 작다. 그녀는 무릎을 끌어안듯이 웅크리고 앉아서 나를 바라보았다.

"코타로. 이상한 이야기 해도 돼?"

"돼. 시호의 질문은 항상 이상하니까 익숙해."

"이, 이상하지 않거든……! 아니지. 크흠, 장난치는 거 아니고."

응, 안다.

살짝 놀린 건 나도 아마 긴장하고 있기 때문인지도 모른다.

"미안, 진지하게 들을게."

"그렇게까지 격식 차리진 않아도 되는데……. 있잖아. 왜 나는 처음부터 코타로에겐 긴장하지 않을 수 있었다고 봐?"

갑작스러운 질문은 역시 우리에게는 중요한 내용이었다.

"'소리가 맑아서'라고, 전에 말했어. 그러고 보면 리이도 그랬었지?"

"그래. 그것도 있어. 하지만 쿠루리는 코타로와 조금 다르게…… 아빠의 소리와 닮은 것 같아. 그래서 코타로하고는 별개야. 쿠루리는 잘 모르겠지만, 코타로에게는 더 알기 쉬운 이유가 있어."

"알기 쉬운 이유라."

하긴 사람에게서 들리는 소리는 내가 이해하기 어려운 부분이다.

리이는 시호가 모를 뿐 친척이니까 그런 것이다. 하지만 왜 나의 소리는 그녀의 마음에 들었을까.

그냥 그런가보다 하고 받아들이고 있었지만…… 아무래도 다른 이유도 있는 모양이다.

"실은…… 우리는 그때 처음 만난 게 아니었어."

그건 의외로 심플한 내용이었다.

"아직 어릴 때…… 나와 코타로가 태어난 직후에, 병원에서 만났었나 봐. 지난번에 앨범을 봤더니 내가 아기일 적 사진에 코타로가 찍혀 있었어."

"그건…… 굉장한 우연이네. 하지만 아무리 그래도 그때의 기억은 안 나."

"보통은 그렇지. 하지만 나는 기억해. 코타로의 심장 소리를……. 불안하고, 무섭고, 슬프고, 그럴 때도 계속 옆에 있어 주었던 네 소리를 나는 기억해. 그래서 나는——코타로에게 긴장하지 않았던 거야."

신기하게도 놀랍진 않았다.

오히려 애매모호했던 대답이 명확해지자 개운했다.

우리가 태어난 병원은 아마도 잇테츠 씨가 입원한 그곳이겠지.

이 근방에선 가장 큰 의료시설이니까.

"그렇구나……. 즉 우리는——."

"'소꿉친구'인 셈이 되려나?"

응. 그 표현이 맞는 것 같다.

"류자키보다, 리이보다 먼저 시호를 만났던 거구나."

"그래. 그러니까, 그…… 코타로와는 그냥 우연히 처음 만났던 것뿐이고, 어쩌면…… 그때 만나지 않았다면, 지금 이렇게 대화하는 일도 없었을지도 몰라."

……말은 그렇게 했지만.

시호는 바로 고개를 저었다.

"그렇게 생각하는 심술궂은 사람도 세상에 있을지도 모르지. 하지만 나는 이렇게 생각해……. 어떤 인생을 걸었다고 해도 나는 코타로를 좋아했어. 왜냐하면 이렇게 좋아하는 사람이 운명의 상대가 아닐 리 없잖아?"

역시 그렇게 말해줄 거라고 믿었다.

"만나는 순서 같은 건 역시 상관없는 거야. 아기일 때 만나지 않았어도, 어른이 된 뒤에 만났어도 나는 반드시 널 좋아하게 돼……. 쿠루리가 코타로에게 고백했을 때 세상이 끝났다고 느꼈을 정도인걸? 이렇게 좋아하니까 무슨 일이 있어도 좋아하게 될 게 틀림없어."

결국 하고 싶은 말은 그거겠지.

"이제 무서워하지 않을래. 코타로를 너무 좋아해서 머리가 이상해질 것 같아도 괜찮아. 사랑이 무거워서 가끔 얀데레가 되는 일도 있을지도 몰라. 하지만 그래도 괜찮아. 나는 이제 참지 않을 거야."

"각오는 되어있어. 시호의 마음을 받아들일 준비는 다했어……. 나도 시호에게 지지 않을 만큼 좋아하니까."

새삼 확인할 것도 없이 우리는 서로를 좋아한다.

친구라는 틀에 머물러있는 건 불가능하다.

슬슬 다음 단계로 넘어가도 되는 타이밍이었다.

"……좋아. 진정했어!"

대화하는 사이에 그녀의 마음도 정리된 모양이다.

창가에서 내려와 이쪽으로 걸어왔다.

그러고는 내 손을 꼭 붙잡았다.

평소보다 힘이 강하다.

그녀의 마음이 담겨있어서 심장이 크게 뛰었다.

계속 이날을 기다렸다. 오히려 시호보다 내가 더 긴장하고 있을지도 모른다.

"우후후♪ 오랜만에 두근거리고 있네. 다 들려, 코타로……. 나는 그 소리가 좋아. 아니, 소리만이 아니야. 나는 코타로의 전부가 좋아. 그러니까, 코타로——."

그렇게 그녀는 마침내 그 말을 입에 담았다.

"──나와 사귀어 줘."

간절히 기다리던 그 한마디에 나는 눈을 감았다.

좋아하는 사람의 '마음'을 곱씹었다.

『시모츠키.』

그렇게 부르던 그 시절에서 아직 1년도 지나지 않았다.

하지만 같이 보낸 나날은 1년으로 느껴지지 않을 만큼 밀도가 높았다.

지금까지 '엑스트라'처럼 무덤덤한 하루하루를 보냈다.

아침에 일어나 학교에 갔다가 어느새 잠드는…… 그런 지루한 시간을 보내며 모든 걸 포기했던 시기도 있었다.

하지만 그녀 덕분에 회색빛 세상이 색으로 물들었다.

앞으로도 분명 즐겁고 행복한 시간이 이어질 것이다.

그걸 생각하면 너무 기뻐서 견딜 수 없다.

시호, 고마워.

나를 좋아해서 고마워.

나도 온 힘을 다해 애정을 돌려줄게.

네게 받은 만큼…… 아니, 그 이상의 행복을 약속할게.

"……코타로, 대답은 아직이야?"

감격에 겨워 잠시 침묵이 길었던 걸까.

기다리지 못한다는 듯 시호가 입술을 삐죽였다.

평소처럼 어린아이 같아진 그녀를 보고 나는 무심코 웃어버렸다.

대답은 당연히 하나뿐이다.

"잘 부탁해."

……이렇게 우리는 애인이 되었다.

시모츠키와 엑스트라의 러브 코미디는 끝났다.

그리고 이번에는 시호와 코타로라는 연인의 러브 코미디가 시작된다.

❋ 어떤 창작자(괴물)의 총괄

해 질 녘.

붉게 물든 하늘 아래 핑크색 소녀는 교문에 기대어 교사를 올려다보고 있었다.

"왜?"

그런 그녀에게 물었다.

짙은 붉은색 눈동자를 강하게 노려보면서.

"내가 말하는 대로 했다면 너는 계속 코타로를 좋아할 수 있었어. 끝난 줄 알았던 첫사랑이 되살아날지도 몰랐는데."

"시끄럽네. 좀 닥쳐봐⋯⋯. 지금 감상에 잠겨있는 중이니까."

내 말을 듣고도 그녀는 이쪽을 보지 않는다.

그 시선 끝에 있는 건 시호와 코타로의 고백이 이뤄지고 있는 1학년 2반 교실이다.

"고백, 제대로 잘했을까."

"그래. 걱정할 필요는 조금도 없을 만큼 아주 잘 되겠지."

"그거 다행이야. 뭐, 끝났다면 빨리 여기 왔으면 좋겠는데⋯⋯. 같이 할아버지 병문안하러 가자고 아까 약속했으니까."

내 말에 안심한 건지 핑크색 소녀⋯⋯ 쿠루리는 눈을 감고 숨을 내쉬었다.

그러고는 그제야 이쪽을 쳐다보았다.

"아쉽게 됐네. 네 뜻대로 되지 않아서."

"그래, 진심으로…… 그러니까 이제 말해 봐. 어째서 너는 네가 이길 수 있는 러브 코미디를 버린 건지."

이해할 수 없다. 받아들일 수 없다. 그녀의 의사가 보이지 않는다.

"코타로를 좋아했잖아? 미련이 있으니까 그렇게 싫어하는 내 손을 빌리면서까지…… 첫사랑을 이루고 싶어 했으면서, 왜?"

"그래. 맞아, 좋아했었고 미련이 있었어. 이건 부정 못 해."

당연하게 긍정하지 마.

더 혼란스러우니까.

"크리스마스에 오랜만에 이 마을로 돌아와서…… 지나가던 집에서 우연히 시모츠키와 코오타로를 봤을 때는 정말 놀랐고, 가슴이 아팠어. 이번에야말로 여자로서 코오타로를 대하려고 생각했는데."

그건 전에도 들었다.

망할 영감의 입원으로 전학하게 된 너는 오랫동안 마음속에 숨겨두었던 마음을 드디어 이룰 수 있다고 마음먹었잖아?

머리카락을 길러서 남자들이 좋아하는 긴 생머리로 만

들고 여성스러워진 모습을 보여줘서 코오타로를 놀라게 하려던 찰나에 그녀는 크리스마스의 그 장면을 목격했다.

"나보다 더 좋아하는 여자애를 만난 걸 알고 정말…… 후회했지."

그것도 안다.

충격이 큰 나머지 충동적으로 머리카락을 핑크색으로 염색하고 트윈테일로 묶은 것도 파악하고 있다. 헤어스타일을 바꿔서 심기일전할 생각이었겠지만 역시 잘 풀리지 않았던 모양이었고…… 그 타이밍에 내가 접촉했다.

마음이 약해져 있던 그녀는 고스란히 내 계획에 넘어왔다.

영락없이 내 뜻대로 움직일 거라고 생각했는데……!

"그래서 결심했어. 이 이상 후회하지 않도록 두 사람을 응원해야지. 코오타로와 시모츠키가 행복해진다면 내가 끼어들 여지는 없잖아?"

"……허세 부리긴. 그렇다면 그전까지는 왜 내 지시를 따른 건데? 아직 미련이 있어서 코오타로와 애인이 될 가능성에 매달렸던 거잖아?"

"후후…… 아, 그래. 너는 그렇게 생각했으니까 화난 거네? 내 행동을 이해할 수 없어서 동요한 거구나."

쿠루리는 웃었다.

차가운 냉소를 흘렸다.

"착각하지 마. 처음부터 나는 너를 믿지 않았어. 잘 떠올려 봐. 나는 한 번도 네 말에 동의하지 않았잖아. 너에게 접촉한 이유는 네 책략을 전부 파악하기 위해서야."

"——윽."

역시 이 여자는…… 귀엽지 않다.

틀림없이 메리의 '천적'이었다.

"이 마음만큼은 우롱당하고 싶지 않았어. 네가 저 두 사람을 찔러대고 있다는 건 사전에 들었지. 그래서 일부러 접근한 거야. 배신하기 위해서…… 오직 그 이유로."

약았다.

코타로와 엮이지 않을 때의 그녀는 나에게 필적할 만큼 똑똑한 천재다.

정말 성가시다니까. 과거에 사업 자리에서 그녀의 할아버지인 망할 영감에게도 애먹었지만…… 그 피와 재능을 이어받은 쿠루리도 위험하다는 건 마찬가지인 모양이다.

"아, 그리고 말인데. 아까 할아버지에게서 전화가 왔어. 수술은 무사히 끝났고 성공했대."

"……그래서? 그 사람이 죽든 살든 나는 관심 없는데."

"말을 전해달라더라. 이렇게. '괴물아. 뒤에서 살금살금 움직였던 건 다 알거든? 지금까지는 내버려 뒀지만…… 손녀를 위해서다. 앞으로 너를 배제하마. 내 수명을 모조리 써서라도.'"

손녀를 위해?

그건 즉…… 쿠루리, 그리고 시호를 위해서인가.

"쯧. 그대로 뒈져버리면 좋았을 걸……. 망할 영감 같으니."

안 좋은 예감이 들었다.

이 흐름을 알고 있다.

과거 처음으로 시호에게 대적했던 '문화제' 때와 똑같다.

앞으로 세상 모든 것이 내 적이 된다.

메인 히로인에게 손을 댄다는 건 그런 것이다.

편의주의라는 건 정말로 무섭다. 코타로와 시호의 행복한 러브 코미디에 나는 이제 방해되니까…… 철저하게 배제하려고 들겠지.

"에휴. 또 부당함과 싸워야 하는 건가……. 정말 귀찮아."

어깨를 으쓱하며 나도 모르게 쓴웃음이 나왔다.

아니, 문화제 직후를 생각하면 웃지 않고는 견딜 수 없었다.

좋아, 상대해 주겠어. 끝까지 버티고 버텨줄게. 나는 천재니까.

"……너, 메이드복 잘 어울리네."

참고로 오늘 나는 치리의 메이드 카페에서 일하고 돌아가는 길이다.

최근에는 완전히 익숙해진 메이드복을 보며 쿠루리는 씩 웃었다.

"엄마가 메이드를 좋아해. 자기가 메이드가 될 정도로 좋아하니까…… 전부 잃어버리면 우리 집에 와. 그럭저럭 좋은 대우로 써줄게."

"……필요 없어."

애석하게도 지금의 나는 기분이 좋지 않은 모양이다.

이 이상 쿠루리와 대화해도 기분이 나빠지기만 할 뿐이니 도망치듯 그 자리를 떠났다. 이후에 나는 당연히 고생하게 되지만…… 그건 설명할 필요도 없겠지.

이리하여 메인 히로인과 엑스트라의 이야기는 끝났다.

내가 걱정했던 것 같은 '미루기'나 '관성'은 아니게 되었지만, 삼각관계도 아니니까 정말로 안타깝다.

쿠루리와 시호가 코타로를 사이에 두고 싸우는 진흙탕 러브 코미디가 보고 싶었는데.

하아……. 이제부터 이어지는 건 스토리로 만들만한 내용도 아닌 이야기겠지.

그저 행복하기만 한 평화로운 '알콩달콩 러브 코미디'가 하염없이 이어진다.

정말로 유감이야.

후기

작중에서 메리도 말했지만, 러브 코미디의 골은 '애인이 되는 것'이라고 생각합니다.

하지만 저는 작품을 골로 이끌어간 적이 없습니다.

그렇기에 이번 4권은 저에게 정말 특별한 작품이 되었습니다.

시호와 코타로의 사랑의 결말을 써줄 수 있어서 다행이에요.

이 두 사람이 행복하면 누구보다 제가 행복합니다.

항상 작품을 세상에 내놓고도 후회와 아쉬움이 가득합니다.

지금까지 작품을 아껴주지 못해서 독자 여러분께 죄송해했습니다.

하지만 이번 작품은 드디어 후회 없는 작품이 되었습니다.

시호. 코타로. 나는 누구보다 너희가 행복하기를 바라.

앞으로도 오래오래 행복하기를.

다음은 감사 인사입니다.

담당 편집자님. 작품만이 아니라 저도 염려해주셔서 감사합니다. 아직 미숙한 인간인데도 여기까지 열심히 할 수 있었던 건 담당 편집자님 덕분입니다. 항상 감사합니다!

일러스트를 맡으신 Roha님. Roha님이 그려주신 시호의 미소를 보면 기운이 납니다. 함께 작업할 수 있어서 무척 영광입니다!

만화판을 맡으신 키구루미 님. 매번 즐겁게 만화를 읽고 있습니다. 원작을 소중히 여겨주시는 마음이 무척 기쁩니다. 앞으로도 잘 부탁드립니다!

GCN 문고님. 기획이며 캠페인 등 많은 이벤트를 열어 주셔서 감사합니다! 덕분에 이 작품은 정말로 행복하고 따뜻한 이야기가 되었습니다.

그리고 마지막으로 항상 응원해 주시는 독자 여러분!

시모츠키는 엑스트라를 좋아한다를 사랑해 주셔서 감사합니다.

제 작품을 즐겁게 읽어주셔서 감사합니다.

진심으로 여러분께 고마움을 느낍니다.

앞으로도 부디 잘 부탁드립니다!

야가미 카가미

시모츠키는 엑스트라를 좋아한다 4

2024년 6월 15일 1판 1쇄 발행

저　　　자	야가미 카가미
일 러 스 트	Roha
옮 긴 이	현노을
발 행 인	유재옥
부 사 장	이왕호
이　　　사	조병권
출판본부장	박광운
편 집 1 팀	최서영
편 집 2 팀	정영길 박치우 정지원 조찬희
편 집 3 팀	오준영 권진영 이소의
디자인랩팀	김보라 박민솔
디지털사업팀	박상섭 김지연 윤희진
라이츠사업팀	김정미 맹미영 이윤서
영업마케팅팀	최원석 박수진 이다은
물 류 팀	허석용 백철기
경영지원팀	최정연
인쇄제작처	㈜코리아피엔피
발 행 처	㈜소미미디어
등　　　록	제2015-000008호
주　　　소	서울시 마포구 토정로222, 502호 (신수동, 한국출판콘텐츠센터)
판매 및 마케팅	(070) 8822-2301

ISBN 979-11-384-8354-4
ISBN 979-11-384-8047-5 (세트)